熊猫来了

比黑白配更重要的决定
范范与飞哥翔弟的幸福日记

作者——
范玮琪
(FANFAN)

中国出版集团
现代出版社

黑人序

给我最辛苦美丽的太太

　　谢谢你买了这本书，这本书记录着范范从怀孕前到生产后的所有心情，点点滴滴都是我们的真情流露。感谢上帝赐给了我们这么棒的礼物——熊猫兄弟。现在，让我们将这份幸福传递给你。

　　如大家所知，我们都身在这五光十色的娱乐圈，她是清新又温暖的气质歌手，而我却是搞笑又不太正经的综艺主持人，这样天差地远的形象，让我们成了彻彻底底的黑白配。尽管我们再低调，她的音乐表现与创作才华总还是会被花边新闻盖掉了风采。每每看到她被记者朋友追问感情私事，我除了自责却也无能为力。但范范却愿意一路相伴，甚至愿意嫁给我，我打从心底相信这是我这辈子最大的幸运。

　　结婚后，我们俩的工作依旧忙碌，虽然一直想要有个孩子，但却时常"只闻楼梯响"。我们安慰彼此怀孕是可遇不可求，顺其自然吧！而在身边好朋友们陆续宣布"好孕报到"后，加上媒体朋友们的推波助澜，甚至有网友开始传言我们俩是"形婚"，双方为了对家庭交代而结为互助婚姻、各取所需……面对这些流言，我们可以一笑置之。但面对大家对我与范范"求子做人"的关心，却变相地成了另一种压力，虽然范范什么都没说，但我知道她的心里非常难受。

　　在怀孕前，我看着范范每天捏鼻吞下苦到不行的中药，小心翼翼地挂号看诊生怕被别人发现，肚皮上满满的打针瘀青，身体的种种不适副作用等；在怀孕后，我看着她纤细的身躯挺着庞然巨肚，为了避免妊娠糖尿而辛苦地控制饮食，忍受着掉发、手痛等身体变化，我真的很心疼，但却发现自己完全帮不上忙，这时是真正觉得"男人好没用啊"！我唯一能做的就是多陪陪她、说笑话逗她、当她的出气包，好让她转移身心上的疲惫不适。

　　我常说范范是上天派下凡间给我的天使，现在她又带来了两个小天使，让我的人生如此圆满丰足，填补了父亲早逝的遗憾。我们从男女朋友成为丈夫妻子，现在成了孩子的爸妈，她陪伴了我将近三分之一的人生。未来我们还要一起经历飞翔兄弟人生的每一阶段，我们的幸福日记会持续下去。谢谢上帝，谢谢我的太太，谢谢我的熊猫宝贝！ *Love Life Forever*！

亲爱的宝宝，谢谢你们

谢谢你们选择在这个时候来到这个世界，降临这个家，来找我跟爸爸。

我跟爸爸从来没有预料到，有一天会有两个小生命，同时来到这个家，加入我们的生命。虽然目前我跟爸爸什么都不会，唯一准备好的，就是一个期待着你们来到的心情，除此之外，一切对爸爸妈妈来说，都是新奇又手忙脚乱。不过，在这段倒数着你们即将来临的日子里，亲爱的宝宝，妈妈有好多好多话想跟你们说。

妈妈想要对你说：我好爱你们，好期待你们两个进入我世界的那一天，还有往后即将跟你们相处在一起的所有时光。我们将会一起生活，一起长大，一起开心，一起难过，一起快乐，一起痛苦……我们将会一起面对很多挑战与祝福。对未来所有时光，妈妈都怀抱着满满期待。

想要写这本书，是为了要纪念你们两个宝宝，即将来到这个世界的每一刻，记下迎接你们来到前的所有准备，并谢谢天父赐给爸爸妈妈的这个奇妙的恩典。

上帝赐给了爸爸妈妈你们两个小生命，这是个生命的奇迹，也是个甜蜜而沉重的大礼物。希望你们长大了，别忘了有一天回过头，看看此刻，妈妈怀着你们的心情是什么样子。希望你们永远都知道，爸爸妈妈好爱你们，愿意把所有一切最好的都给你们，就像天父，愿意把你们两个赐给爸爸妈妈一样。

　　真的真的好爱你们，好想快点与你们相见。亲爱的宝宝，谢谢你们选择了这个家，选择了我们这对可能有点傻乎乎的爸爸妈妈呀！

　　P.S. 以后长大要是看到爸爸妈妈吵架，可要知道所有的错都要怪爸爸喔！妈妈永远都是对的！哈哈！

Contents

Chapter 3 × 准备好了吗?
记录准备当妈的心情转换，生产前的期待与准备

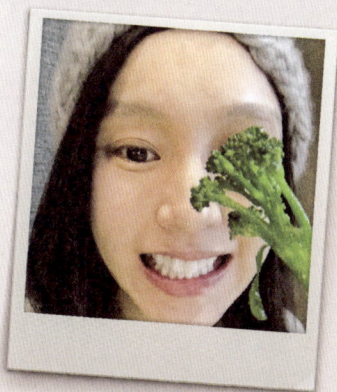

Contents

Chapter 4 × 熊猫来了
黑白配的幸福结晶熊猫双宝来了！
关于早产儿照护的点滴分享

Chapter 5 × 新妈上路，请多多指教
双宝妈咪的母乳大作战以及新手爸妈初体验

Chapter 6 × 幸福开始飞翔！
迎接人生的另一种身份，四口之家，齐步走！

Chapter 1
一跤摔来的
两个礼物

错身而过的婚姻生活

　　每每回想我跟黑人的感情，都不禁觉得时间过得好快。一眨眼，我们交往了 10 年、结婚 3 年多，虽然加起来已经是 14 年的光阴，但每一天都觉得他还是跟刚认识他的时候一样，一样幼稚、一样满腔热血、一样爱整我！

　　我们都很爱孩子，渴望着为人父母，时常逗着身边亲朋好友的宝贝们，像是我弟弟的儿子安安、Jason 的两个女儿香香与蜜蜜。因此婚后就一直想要有个黑白配的可爱结晶，但种种原因让我们心有余而力不足。我

找到机会就要抱抱别人家的小孩，什么时候才能抱到我自己的宝贝呢？

🎧 忙碌的工作无法停歇，录音、商演、演唱会让我无法分身呀！（哭）

与黑人两人工作都忙，行程满满。各位可能无法想象，虽然我们已经结婚了，但婚后的一整年，能相处的时间实在少得可怜。一个月当中，我至少有 3 个礼拜都在内地到处飞来飞去，为了大大小小的商演、活动、节目邀约，人若不是在车上，就是在飞机上；若不是在飞机上，就是在通往机场的路上。有时候好不容易回到台北的家，却已经是半夜了，极有可能黑人早已入睡，而我又不忍心吵醒他。第二天一大早他就得出门录影，而我可能又要搭机出门了……两个人，一睡一醒，一前一后，就这样一直过着错身而过的婚姻生活。

正因为我跟黑人都太过忙碌，所以虽然已经进入婚姻状态，却一直没有"我们已经组成一个家庭"的真实感。就算心里一直惦挂着想要生孩子的念头，却老是觉得"等这个工作告一个段落再来考虑"，但"这个段落"到底是断在哪里又落在哪儿？演唱会一场接一场，演出邀约接连不断，工作似乎没有可以喊暂停的那一天。

　　而身边好姐妹们一个个怀孕生子，看着她们满足又幸福的表情，我是既羡慕又期待。在这样的现实之下，想要孩子的急迫跟想要做好工作的心情，其实是互相拉扯、互相制衡的。当时我向上帝深切祈祷，也好好地静下心来反问自己：如果真的很想要孩子，是不是该慢慢把工作减少，甚至休息一段时间，让自己的心理跟身体都做好充足的准备来迎接宝宝的到来？然而，一切想归想，工作却还是应接不暇。

🎧 姐妹聚会渐渐变成妈咪庆祝会、宝贝庆生会、
耍宝逗儿会。看着她们的可爱宝贝，让我又羡
慕又期待。

数不清的伤心验孕棒

　　事情一拖就到了 2012 年，我开始认真地觉得：如果真的想要有个孩子，那就应该要做些改变。所以从那时起，我开始吃中药调理身体，就这样每天早晚喝一碗中药，一连持续了半年，总觉得身上都是挥之不去的中药味，也因此搞得自己心情很差。虽然中医师说我的体质有慢慢在改变了，但长期的生理混乱、持续的工作过量还是影响着我的身体，而且每个月都要计算排卵日，这才是真正的噩梦开始。

　　床头上还有姑姑送的大象（脖子上有十字架）以及安仔仔的跳跳虎，都是我的幸运物！

　　为了达到事半功倍的效果，我认真钻研了排卵大小事，包含如何计算排卵日，如何看懂排卵试纸，如何掌握体温变化。"算排卵日"是许多求子妈妈的共同经历，这乍看之下是件很简单的事情，好像只要量量体温、算算排卵日，然后跟老公"照表操课"就好。但可能是因为我长期生活在飞行与工作之间，生理时钟变得紊乱无章，所以即使每天乖乖地量体温、检测排卵试纸，并在排卵日的周期赶回家要黑人配合，却还是一个月一个月的希望落空。当时的心情只有烦闷、焦躁可以形容。

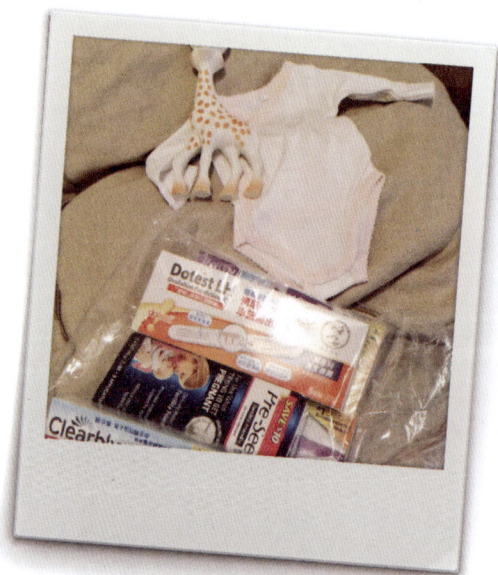

🔹 小天使佩慈给我的一大包"好孕"试纸及她女儿的衣服和玩具，我把它们放在床头，希望带来"好孕"。

🔹 托家人帮我从美国买回的求子好朋友，长期抗战 START！

尤其当我看着那一整年的排卵记录表，密密麻麻地写着每个月的经期跟体温变化等资料，换来的却是12个月的徒劳无功，那种燃起希望又接连破灭的沮丧感，和望着数不清多少支验孕棒的无力感，真的让人好挫败，好难过，好无助。

密密麻麻的记录代表的是那一年的徒劳无功……

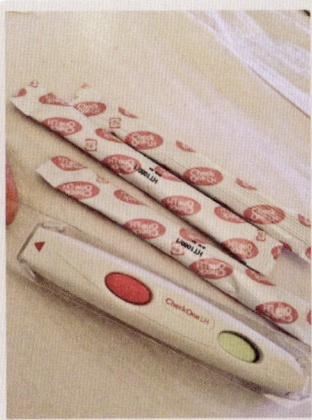

六月送给我的礼物——电子排卵检测器，她一次就成功，感谢她分享"好孕气"给我。有趣的是隔天我就跌了那一跤，照推算，那时我也已经怀上熊猫啰！

范范贴心话 TELL YOU

排卵试纸大小事

❶ 月经周期怎么算？

月经开始的第一天到下次月经开始的前一天。

❷ 如何使用排卵试纸？

用干净的杯子盛装尿液，不可使用晨尿，最适合采集尿液的时间是早上 10 点至晚上 8 点。务必收集固定时间的尿液，精准度才能提高。

将试纸上有箭头标志的一端浸入尿液中（不可超过 MAX 线），3 秒后取出平放，静置 10 到 20 分钟，以 30 分钟内的结果为准。

❸ 使用排卵试纸的时机？

多数女性的月经周期都是 28 天，误差约 5 天。请在月经开始后第 10 天开始使用排卵试纸。若月经周期低于 25 天或超过 40 天，最好先咨询妇产科医师喔！第 10 天起每天测试一次。若发现颜色渐渐变深，则可缩短检测时间，每 4 小时测一次。排卵通常就在深转浅的时候，如果发现颜色快速变浅，请掌握接下来的黄金 24 小时好好做功课。

❹ 排卵试纸怎么看?

* 出现两条紫红色线，T 线比 C 线浅，表示尿液中 LH 尚未出现高峰值，必须持续天天测试。

* 出现两条紫红色线，T 线、C 线颜色基本相同，或 T 线比 C 线深，表示你将在 24 至 48 小时内排卵。

* 只出现一条紫红色线（ T 线）于试条上端，表示无排卵。

MAX 线　　　　T 线　　C 线

我让大家失望了吗？

在一次次努力尝试又宣告失败的过程中，有很多好心的亲友、好姐妹、长辈以及教会的兄弟姐妹们，都热心地提供各种生子偏方。我尝试过各式各样的中药、食补食谱，而家里光是朋友们给的"好孕棉"，分量更是足够让我一整年都不用再买卫生棉了。

没有想过"怀孕"竟然会是这么一条漫长的路。上帝赐予女人孕育生命的器官与能力，但却不是每个人都能拥有孕育生命的机会！看着身旁的工作伙伴、姐妹好友们陆续怀孕生子，我虽然总是安慰自己顺其自然，但心里却是又着急又失落。

除此之外，在工作时大家也会特别关注我的怀孕状况。虽然都是出自好意的询问跟祝福，无形中却给我带来了莫大的压力，让我更加怀疑自己："我让大家失望了吗？""我是不是生不出孩子？"……虽然黑人什么压力都没给我，但我却不禁开始产生负面思考：上帝是不是没有要给我孩子？

真正下定决心

就这样试着自己算排卵期、照表操课地努力了一整年，但在 2013 年当中，我仍旧非常忙碌——2 月实现了在"小巨蛋"开演唱会的美梦，3

月、6 月跟 10 月又分别在伦敦、美国、加拿大举办巡回演唱会，可以说是从年头忙到年尾。直到 2013 年底，我跟黑人才发现一年就这样又悄悄结束了。我问自己："是不是应该要更认真地去实践怀孕这件事？"同时开始思考我们人生的脚步是不是该慢下来了？我也跟神祷告，如果是神的美意的话，我们是不是可以真正地休息？

更坚定了想要孩子的决心之后，我在 2014 年开始采取更积极的做法——寻求不孕症权威刘志鸿医师的帮助。我非常感谢刘志鸿医师，虽然他话不多，感觉是个比较严肃的医师，但他的专业态度让我感到十分放心。

与青峰及 Janet 在家里的小聚会，似乎已透露了喜气的讯息。

起初去问诊时，其实我对整个过程是一知半解的，只是单纯想说能不能碰碰运气。刘医师则仔细地跟我解释"人工受孕"的内容和方法，包含"人工授精"跟"试管婴儿"两种，以及以我 38 岁的年龄来做，各方面的评估数据，请我跟黑人讨论看看想要用什么样的方式进行。讨论过后，我们决定做"人工授精"，考量到年龄、生理表现以及成功概率，以及最重要的是刘医师觉得我的年纪还没到 40 岁，可以先做人工授精，如果一段时间的治疗无法成功，再做试管。于是，我正式开始打排卵针的日子了！

人工受孕 Round 1

"打排卵针"对我而言是一个全新的课题，从前的我，怎么也没想过自己会经历这个过程：每天得密集挨针，在连续 10 天的疗程当中，每天都要在肚皮两边各打 3 针排卵针，几点打针都有严格的规定，也算是吃足了苦头。

排卵针就像糖尿病患者施打的胰岛素针筒一样，得自己带回家冰在冰箱里备用。刚开始看着这些大大小小的道具，真的觉得很可怕。其实排卵针的针头很细很短，只比打胰岛素的针要长一点点，而且是注射在肚皮脂肪的地方，实际打起来并没有那么痛。但一开始的时候自己真的无法下手。犹记得第一次自己打针时，手握着针筒斟酌了许久就是戳不下去，最后只好请黑人帮我"代打"。

打完针之后还必须补充黄体素，作用是帮助受精卵着床成功。有些是针剂，有些是药锭。我使用的是一种叫做"快孕隆"的条状凝胶，使用方式就像卫生棉条，每天塞入阴道以增加黄体素，帮助受精卵可以稳定地待在子宫里面，副作用仿佛是跟安胎药一样，会让我头昏想吐，浑身不舒服。

人工受孕的过程不算轻松。在此之前，我从没想过得自己拿针筒打这么多的针，而每天密集打针的结果，虽不至于像别人一样打到结硬块，或是肚皮纤维化导致针刺不下去，但也让我的肚皮上面布满了淤青，而且整个人还变胖、喜怒无常、时常头晕想吐……但是只要一想到我不是孤军奋战，有不少学姐也在求子路上一起努力；只要一想到熬过这些皮肉痛，就可以换得新生命的美好希望，便觉得这些不适都只是小事。

范范
贴心话
TELL YOU

人工受孕大小事

　　人工受孕分为"人工授精"及"试管婴儿"两种，"人工授精"的疗程大约分为三个部分：

1、透过药物诱导更多卵子成熟。正常女性月经周期只会有一颗卵子成熟，利用药物可增加排卵数目。

2、以超音波及血液检查追踪卵子发育情况。以影像及数据监控卵子生长，若达到标准，并算准时间注射破卵针，让成熟的卵子排出。

3、取精植入。在卵子排出期间，将洗涤处理后的精子注入子宫内，达到受精的目的。

第一次失败

　　因为我是人工受孕初级生，对一切都懵懵懂懂的，加上非常信赖医师以及现代医术，当时的脑子里根本没想过会有"失败"这回事，所以当看到"好朋友"来时，等于宣告第一次的努力失败，我的心情彻彻底底**down** 到了谷底，非常绝望又沮丧。

　　新生命曾经离我那么近，差一点就可以成功了。"是不是我错过打针时机？""是不是我用错方法？""是不是我吃了不该吃的东西？"我的心痛、自责、怨怼没完没了地冒出来。接下来的一整个月都过得很灰暗，情绪低落，时常哭泣，满脑子想的都是"是不是再也没希望、没机会了"？这样的负面情绪，也严重影响到了黑人。那段时间，黑人给了我极大的包容与爱，他用笑话逗我、用拥抱鼓励我，我都忘了没能顺利受孕他也同样难过沮丧。

感谢我的丈夫一路陪伴着我，让我的人生中充满着活力、笑声以及尖叫声。（笑）

然而，总是任凭自己沉浸在悲伤、绝望的情绪里也不是办法，而且想到有许多父母也曾经历过同样的伤心阶段，我不过第一次而已，不应该再这样哭哭啼啼了！我下定决心要振作起来。于是有一晚，我跟黑人一起跪在床前祷告，跟神诉说我们真的、真的很想要一个小孩，不管是男是女，只要神能给我们机会，我们一定会好好学习为人父母的人生课题。

Magical Round 2

就在这之后，有段非常神奇的小插曲，事后回想起来，应该就是神给我们的见证吧？当时我们教会有两位从美国来的白人朋友，她们知道我渴求孩子，所以非常主动、贴心地帮我祷告。她们轻轻按着我的肚子，喃喃地祷告。最奇妙的是，我还记得祷告词里有提到希望神能赐给我们小孩，而且不止一个，可能是双胞胎或三胞胎……当时我忍不住笑场了，心里想说连一个孩子都难求了，哪敢奢望有双胞胎、甚至三胞胎呢？所以我只是在心中怀着对两位姐妹的感激跟温暖，却也不敢真的过度乐观，免得期待越大，失望越大。

根据刘志鸿医生的说法，很少人第一次做人工授精就成功的，很多人是第二、第三次才成功。所以我在经历第一次的失败之后，他鼓励我要有信心，最好是能一鼓作气地接着做第二次，因为我的子宫各方面状况都很好，还没有老化的迹象，保持信心，不要有太大的心理压力。

我知道有许许多多的夫妻为了怀孕，试过许多次的人工受孕。回想起自己第一次失败的经验，那真是对信心的一大考验，也让我更佩服这些为了生孩子而努力不懈的父母们。

尽管经历过许多痛苦的过程，我还是觉得自己已经很幸运了。当时我确实为了怀孕而把身体调养得还不错，而且排卵周期是一个月接着一个月的，如果错过了就要再等一个月空当，于是我心想："好吧！再接再厉！"虽然5月那次的尝试失败了，没想到就在6月那次"半人工、半自然"地顺利着床成功！

⊙ 两只熊猫早就在命运的牵引中，悄悄来到我的身边了～

赶派对、赶做人

在 2014 年的 6 月，从第一次失败中恢复后，我接受了第二次的疗程，又开始打起排卵针。当时我没有跟太多人说起接受治疗的这件事，只是每天默默地固定打针。

面对这熟悉的例行公事，我不敢像第一次天真地以为绝对会成功，我保持平常心，只希望一切能顺利如愿。而就在 6 月 14 日那天，我的好姐妹小 S 要举办生日 Party，她非常热情地邀请我参加，但我在前几天就跟她说身体不舒服，可能无法出席。当时熙娣很不高兴地赌气说："好啊好啊！

🎧 姐妹们的聚会好 Happy！谢谢姐妹们给了我满满的"好孕气"！

你们都不要来好了！"我不忍心让她失望，还是决定去一趟吧！

只是很不巧的，当天我必须打一个"破卵针"。破卵针，顾名思义，就是要突破卵子，做一个"人工授精"的动作。但由于当天我还得参加熙娣的 Party，所以就跟刘医生商量了一个权宜之计，也就是打完破卵针之后，赶去参加熙娣的生日 Party，然后在几点之前提早告退，赶紧回家行房"做人"，完成一个让卵子"自然受精"的动作。

庆生派对进行到了晚上9点多的时候，我跟黑人就得赶回家"做人"。还好那时候熙娣也差不多快醉了，我就偷偷跟她姐说我要赶回家。熙媛知道我的做人计划之后，非常体贴地说她会搞定熙娣，要我赶快回家，临走前我还要她帮我加持一下，把她生孩子的好运分一点给我。结果就在那次成功了！

以后每年的 6 月 14 日，除了熙娣的生日，我们又多了一样东西可以庆祝，真是双喜之日！

变笨是怀孕前兆吗？

常听人说"怀孕会变笨"，身边的姐妹们在怀孕的时候，大家也常拿这件事来开玩笑。但要我说有什么实际的感触，那就是在怀孕前打破卵针的时候吧！真的觉得自己忽然变得好笨，脑筋怎么都转不过来，怎么护士讲的话让人有听没有懂啊？

打破卵针比排卵针要复杂多了，上面会有刻度指示一次需要转多少剂量。护士在教学的时候，我应该是一脸茫然吧！因为她的表情就像是在说："你到底听不听得懂啊？"但我那时候又不敢到诊所去请护士帮忙打针，因为媒体都知道我在积极"做人"，心想如果我每天都到诊所报到，不就马上被媒体盯上了？所以一切都非常小心，只在家里面偷偷进行着。现在回想起来真不知道自己在搞什么神秘，弄得我跟黑人神经兮兮的！

做人工受孕这件事，其实常常会有所谓"人在江湖，身不由己"的时候。最不习惯的事情就是得马上"照表操课"，在短时间内"好好做人"。那个过程真的完全没有"乐趣"可言，根本就是一项"工作"了！你可以想到，可能前不久还跟朋友在外聚会，现在两人却得赶回家做准备，然后就说"好吧！来做吧！"，这有多难进入状况啊？

惊天动地跌一跤

　　在打排卵针的期间，身体会变胖，也会水肿。还记得当时我约莫胖了3公斤，再加上补充黄体素的副作用，其实人会不舒服又昏昏沉沉的。只是我平常神经比较大条，所以并没有很在意。可能意外就是这样发生的吧？

范范贴心话 TELL YOU

🎧 黄体素小白球。

黄体素大小事

　　黄体素扮演着胚胎着床与否的重要功臣！在排卵过后，卵巢会开始分泌黄体素，目的是稳定子宫内膜，以帮助受精卵顺利着床。这段期间若是没有受孕，在排卵后约14天，黄体素逐渐减少，子宫内膜失去保护便会剥落出血，这就是月经。如果有计划怀孕，可以多补充黄体素，帮助受精卵稳定着床。但黄体素偶尔会伴随有头晕、疲倦、四肢无力等副作用。若有使用，一定要特别小心，尤其是半夜起床。

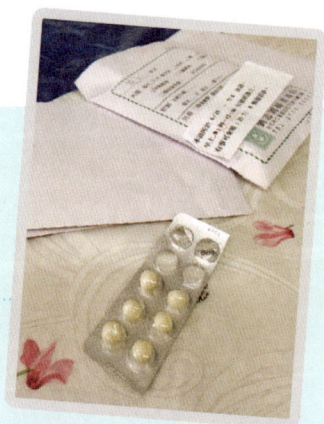

就在熙娣的生日 Party 两三天之后，某个晚上半夜 3 点多，我睡到一半爬起来上厕所。起床时忽然一阵晕眩，脚不小心去踢到洗手间门口的防水台，接着就倒栽葱地一头撞上房间连接厕所的地板，眉毛刮出超深的一道伤口，顿时鲜血直流！我就这样昏倒在地板上。黑人听到厕所"砰"的一声，惊醒，冲到厕所忽然被一个满脸鲜血、披头散发的女鬼给吓到魂都飞了。等到他终于会意过来发生了什么事，便赶紧带我去台安医院挂急诊！

医生在缝合伤口前原本要帮我打麻药，但说也奇妙，我心里忽然闪过一个念头：如果我真的、真的、真的怀孕了，打麻药会不会影响到体内的胚胎？所以当下我便拒绝打麻药，医生只好快速地在我伤口上缝了几针。过了 3 天，等伤口较为愈合之后，在医生再三保证麻药的剂量低到不会影响胚胎着床后，再去整形外科重新缝合。里里外外加起来总共缝了二十几针！

在手术台上的念头一闪，让我硬是噙着泪咬牙撑过这一针一线的皮肉拉扯。

FanFan × H.H 先生

深夜女鬼摔

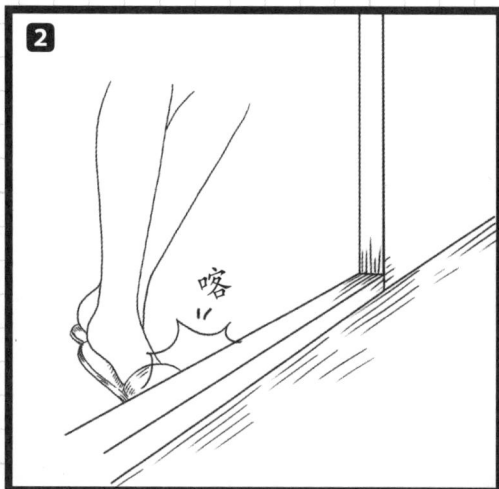

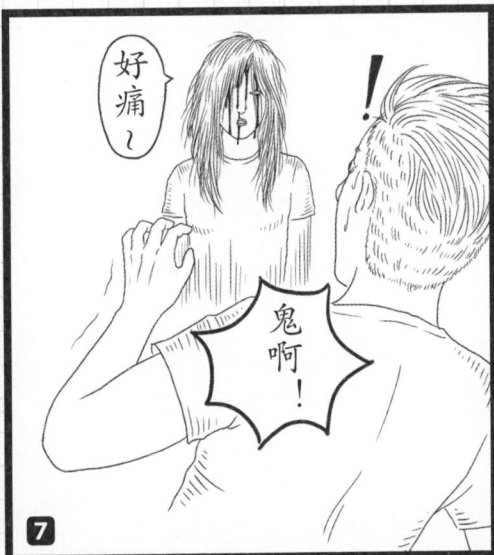

5

昏

6

10分钟后～

老婆呢？

7

好痛～

！

鬼啊！

那位医师缝合的技术实在非常高超，让我不至于在诊间放声尖叫。而我也很感谢主对我的眷顾，因为若是伤口往下偏一些些，就会伤到我的眼睛；若是往中间一点，则可能会撞断鼻梁骨，都会是比现在严重数倍的伤势。但我却只伤到眉毛，也不会留下太明显的疤痕。这一切不幸中的大幸，让我由衷地感谢主跟我的医生。

虽然伤势并不严重，我还是可以完全正常地生活，但正因为伤口在脸上，而且整个眼睛搞得跟熊猫一样，乌青肿胀怪吓人的，所以我也只能停掉所有的工作，乖乖在家休息将近两个礼拜，而黑人则到美国工作。

在这两周的休养期间，许多亲朋好友到家里关心我，大家看到那似乎很严重的伤口，都开玩笑地问我是否被家暴了？真是委屈了黑人背起这个大黑锅呀！本来就黑了，现在更是黑到发亮，哈！我也很佩服自己竟然可以摔成这副德性，算是刷新糗事纪录了！但很庆幸能因此得到两个礼拜的假期跟休息，算是小确幸一桩。

惊魂未定的丈夫只能紧紧握着手给我力量。

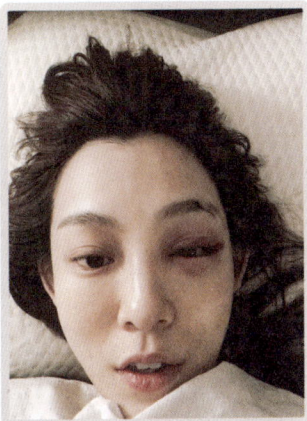

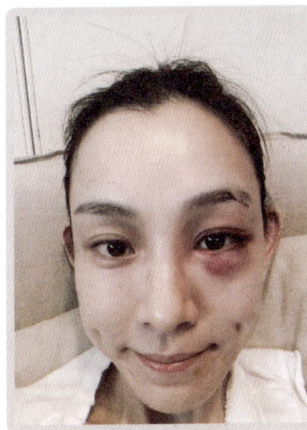

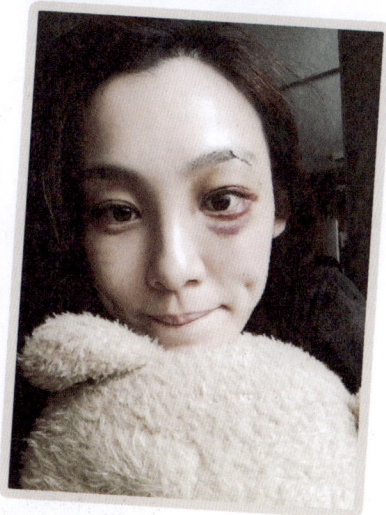

从缝合到熊猫眼浮
现、熊猫眼退散，大
约两个多礼拜，每天
伤口都不太一样，早
上照镜子都会被今天
的样子吓一跳。

🎧 我可怜的丈夫大半夜地被吓了一跳，还得背起家暴的大黑锅，真是委屈你了呀！

🎧 谢谢容嘉带着新专辑来帮我压压惊，谢谢所有好朋友送我的慰问礼物，好感动啊！

美梦成真

　　而因为第一次人工受孕的失败经验，让我不敢再抱持太大的期待。于是开始第二次疗程后，我迟迟不敢使用验孕棒，硬是等到预定可验孕的日期过后好多天，才终于鼓起勇气使用验孕棒。看着手中的验孕棒，明明等待的时间只要短短几秒钟就好，却好像过了好几年似的，那一段时间好像瞬间被按下慢速键，而当它出现两条线时，我永远记得它慢慢浮现的样子，我简直不敢置信！那时我一个人就在厕所里号啕大哭了起来，不断地自言自语："这是真的吗？""我可以相信它吗？"我马上把剩下来的十几支验孕棒全部拆开来 double and double check，然后用 facetime 视讯打给人在美国的黑人。还记得那时我顶着熊猫眼、又哭又笑地挥动着手上的验孕棒，而黑人也在屏幕那一头大哭了起来！那一瞬间的狂喜让我们无法停止落下的眼泪与上扬的嘴角，我们实在太感谢神了！

　　⟳ 在我与黑人分隔两地的时候，美梦成真了！隔着手机画面，我们都哭了……

　　连着好几天的早、中、晚，我还是不停验孕，至少用掉三四十根的验孕棒，所以家里有好多两杠的验孕棒！确定怀孕之后，我把验孕棒连着剩下的卫生棉（好孕棉）到处送人，每个想要怀孕的朋友都有拿到，像是 Ella、Selina、佩慈等通通都有一份，真的非常开心地想要跟大家分享！

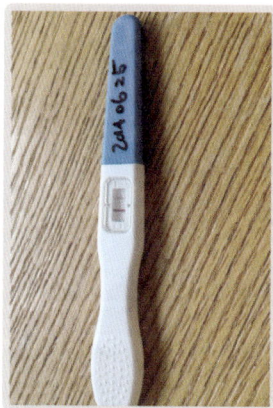

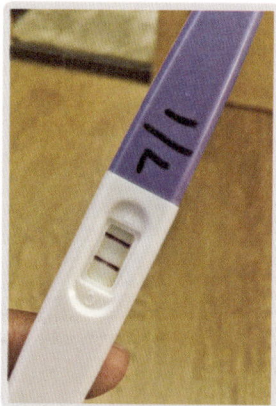

🎧 那段时间为了再三确认美梦成真，验了好几十支验孕棒，留下一支当作神圣的纪念，其他都分送好朋友，希望可以给她们带来"好孕"！

　　就在我祈求上帝希望他能让我好好休息、顺利怀孕之后，神便安排我摔了一跤，而且还是摔在脸上，让我必须完完全全地停下工作，获得好一段时间的真正休息。有了身心的休养生息，我也就这样怀上了小 baby。我真的、真的觉得上帝好爱我们、好细心，为我们计划了这么美妙的事情！

好事竟然成双

超音波照出的"两个胚囊"，这一切真的是太超乎我们的期待了！

黑人在结束美国的工作后，陪我到刘医师的诊所会诊。照超音波时，刘医师告诉我肚子里有"两个胚囊"，我整个人都呆住了！两个胚囊的意思是……双胞胎吗？虽然我妈妈那边有双胞胎的基因，但医师说过我怀双胞胎的概率只在1%到8%之间。所以当下被告知肚子里的宝宝是双胞胎时，我的脑子里真的是一片空白。我们怎么会这么幸运！连刘医师都说我们这样"半人工、半自然"还能怀上双胞胎，真的是很难能可贵呀！刘医师还微笑地跟我说："范小姐，可能你那一跤摔得很好，歪打正着吧！哈哈，恭喜你！"

看诊当天，因为诊所附近找不到停车位，所以黑人留在车上等我。当我上车跟他说是双胞胎时，他马上像个小孩子一样号啕大哭了起来。这对我们来说，是多大的一个恩典啊！从先前的沮丧、无力，甚至自我怀疑不会有小孩，到这一刻得知一次怀上两个宝宝，这样的转折与惊喜是我们始料未及的大礼物！

算一算，其实这时候才怀孕四个多礼拜，一方面是怕有什么闪失，想要等情况稳定一点，一方面也怕长辈们紧张，所以我们俩就守着这个甜蜜、幸福的小秘密，谁也没敢说，但心中真的是充满了无限的喜悦！

Chapter 2
原来怀孕
是这种感觉

怀孕更要做功课

　　就像俗谚说的"第一胎照书养"，因为不想让得来不易的宝宝受到任何一点伤害，所以从准备怀孕那时起，我便开始做功课，看了各式各样怀孕的书籍和杂志，像是什么 Baby Bump 系列专门专教养双胞胎、三胞胎的书我也都有看，只是觉得作用不大。

　　而姐妹们推荐的育儿圣经，我当然一本也没略过。比起这些育儿书，后来我比较喜欢看育儿或是妈妈杂志，因为有些书籍的观念，用在现代已经不是非常适用了，比起来杂志刊载的资讯反而更加与时并进。

　　但说来好笑，虽然事前做了很多心理准备与了解，但在确定怀孕之后，我所有对怀孕最好的跟最坏的想象，还是一股脑地跑了出来！前一刻可能对于自己肚子里的生命感到神奇又开心；下一刻却对未来充满了恐惧跟不确定。无法克制地胡思乱想、患得患失，让我的心情跟着上上下下、起伏不定。从来没想过原来孕妇的感受会是这样的敏感多变，不知道别的准妈咪是不是也跟我有同样的感觉？

🎧 努力做功课，非常推荐《新生儿父母手册》及《华人育儿百科》，内容实用，对新手妈妈的我来说，帮助非常大！

一个都不能少！

在怀孕初期的这 12 周里，是我感觉与神最接近，也最依赖他、需要他的时期。每一天我都向神祷告，希望他能赐予宝宝平安，让他们稳定地茁壮成长。虽然我没有明显的怀孕症状，最多是偶尔头晕，还不到害喜呕吐的地步，但却在怀孕第 7 周的时候，忽然来了个大出血！

正常情况下，"快孕隆"在被取出时应该是干净的白色。但我第七周时开始出血，某天把快孕隆取出来时，整支上头都是红的血。那个感觉就像心脏要从胸口蹦出来一样，简直把我给吓坏了！我以为自己已经够小心、够谨慎了，却还是发生了这样惊心动魄的事件。

经医生的检查，我的子宫内膜有一片"黑黑的"，可能是出血，表示宝宝们有危险。医生说因为有两个胚胎，初期可能有着床不稳定的，要我先有心理准备，不一定两个孩子都能留得下来，毕竟怀上双胞胎或是多胞胎，本来就有较大的风险……听到医生这样说，我的心也跟着淌血，我真真切切地

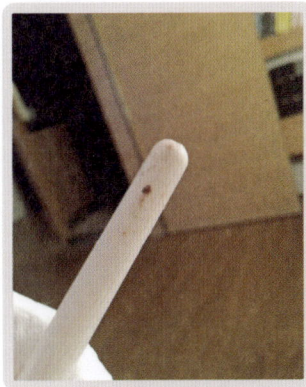

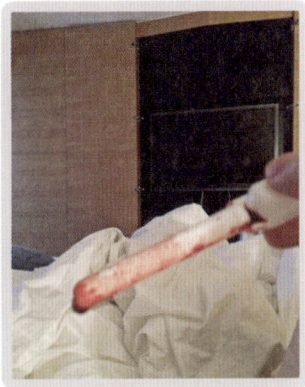

🎧 左为正常的快孕隆，右为不正常的快孕隆。为了给医生评估出血量，我在慌乱之中赶紧拍下照片。

感受到"心如刀割"的沉痛感。

于是医生建议我每天使用快孕隆，大量补充黄体素，在家里躺着安胎一直到第12周。在这个期间，每天最害怕的时刻就是把快孕隆取出的那一瞬间，如果看到上头还是沾满了血，那心情真的是非常沮丧。当时的我曾消极又赌气地想过："那还不如一开始就给我单胞胎，为什么要让我面临失去任何宝宝的风险与痛苦？"同时想到宝宝明明在我肚子里，就算我千万个小心，他也还是可能会离开我。这样的无力感与恐惧感始终萦绕在我脑中，时常想着想着就开始落泪……

范范贴心话 TELL YOU

快孕隆大小事

为了要给胚胎一个健康的子宫环境，医生会建议在人工受孕前及胚胎着床初期大量补充黄体素。我使用的是快孕隆塞剂。快孕隆阴道凝胶剂含有天然的黄体素，独特的凝胶会附着在阴道壁上，可直接运送黄体素到子宫，可以为子宫内膜提供持续且稳定的作用。

我通常是在早上及睡前使用。

随时都能变身爱哭范

在这样的心理压力之下，我的脾气变得反复无常、异常脆弱，一点点风吹草动都让我非常惶恐。所有的不安与负面情绪都发泄在黑人身上，他却都默默地承受着我的无理。而在对他发过脾气之后，我又感到懊悔跟不舍，心情总不断在这当中摆荡拉扯。这时候我唯一能做的事就是不停跟神祷告，希望他能眷顾我的两个孩子，让我们一家平安喜乐。

我选择在家休养而没有住院安胎，因为我知道在医院也只能一直躺着，压力只会更大，不如在家静养比较能放轻松。当时除了吃饭时间之外，我几乎全天都躺在床上，能做的事情实在有限，电视可说是我最好的朋友了。

那段时间里，我与这位好朋友培养了极为深厚的感情，电影一部接一部地看。但因为情绪还不稳定，所以只要电影情节里头有一点点的悲伤画面，或是任何有关亲情的剧情，就会触动我的泪腺，让我忍不住放声大哭，整个人变得多愁善感。更夸张的是连看新闻也可以让我掉眼泪，身边的人大概都觉得我很莫名其妙吧？

还记得当时看到一则生活新闻，只不过是报道动物园的"圆仔"长大了，即将离开妈妈的身边，就连这样的小事都可以让我号啕大哭，简直把大家都吓坏了，害得身边的人都对我小心翼翼，生怕一个不小心又引发泪崩。现在回想起来，还真的觉得自己怎么这么麻烦又讨厌？（汗）

🎧 亲爱的打鼻，请原谅我孕期时的无理取闹，谢谢你！

会在就是会在！

有人说，怀孕期间会患得患失。我则是因为两个孩子得来不易，所以第一次领到妈妈手册，真的是感动到快哭了。一般来说，在怀孕 8 周左右就可以照到胚胎跟心跳，通常这时候就可以领到所谓的"妈妈手册"。但我的情况比较特别，在第 7 周的时候还在出血，所以医师坚持要 12 周以上才发给我妈妈手册。

好不容易熬到了第 12 周，没想到诊所里的手册都用完了，加上我后来换医师看诊，所以直到第 5 个月做完 4D 超音波之后，我才真正拿到那个感觉被正式认可为怀孕妇女的神圣宝典——"妈妈手册"。你们可能会觉得我的反应太夸张了，但那种没有拿到手册的不踏实感觉，确实让人非常不安，也一直害怕事情该不会有什么变数吧？这应该就是所谓怀孕妇女的患得患失吧？

终于拿到妈妈手册了！我觉得应该要改名叫做"妈妈安心手册"，哈哈！

怀孕期间的麻烦事还不仅止于此。到了第 8 周的时候，我上网买了专门听胎心音的机器。这个机器原本是在第 12 周才能正式派上用场，但我就是等不及想要知道两个孩子的状况，所以从第 8 周开始，我每天就在肚皮上涂上凝胶，放上监听胎心音的机器，滑来滑去寻找两个孩子的心脏位置，渴望听到那"咻——咻——咻"的声音。

因为两个孩子的位置会变，所以我得非常仔细地寻找音源。当时黑人如果在旁边用手机，就会被我大吼："小声一点啦！"或用力的"嘘"他，像个神经紧张的疯婆子一样不停地要他安静，完全无法容忍他发出一点点的噪音。

　　说到我有多紧张兮兮呢？胎心音的监测原本每天只需要早晚各一次就够了，但我只要一想到就放在肚皮上面听，如果找久一点都没听到动静，就会非常紧张地抓着黑人问："你觉得需不需要打给黎惠波医生？"偶尔有几次真的忍不住冲动打给医生，紧张地问说："怎么办？医生！我听不到孩子们的心跳！"往往换来黎医生一派轻松的回答："你才刚来诊所看完耶！Relax，他们才刚检查过，会在就是会在！"我才终于松一口气，尴尬地挂上电话。

没有这台机器我真的会睡不着觉！听到宝宝心跳时真的会掩饰不住地雀跃，小小声的，但却非常有力！现在我也决定将这好东西 PASS 给我又怀孕的姐妹！

熊猫妈，Fighting！

　　怀孕之前，我原本有固定的运动习惯，每周至少做滑步、跑步运动3次。但在第7周的大出血之后 我就再也不敢运动。由于还无法对外宣布怀孕的消息，我在这段期间内除了医生跟黑人之外，都没有其他人可以讨论自己的状况，真有点孤立无援的无助感。

🎧 每周固定的运动习惯都因为出血而停止，生怕一不小心孩子就不见了！

　　而因为突发的出血状况，我也渐渐变得足不出户。一方面为了养胎，一方面担心过多，直到怀孕满12周之前，我几乎都是在床上度过的，整个人变得异常虚弱。医生也说我实在是太瘦了，这样会影响宝宝的生长。所以我自己上网订了养胎餐来吃，只希望能养好身体，给宝宝足够的成长空间，让他们能平安健康地出生。

🎧 这是怀孕不到两个月的时候，身子还是很瘦弱。为了宝宝好，我必须要努力喂饱自己。

在卧床养胎的那段时间里，多亏了黑人的支持跟体贴，让我能慢慢改变心境，走出之前的低潮与困顿。我知道我自己不能再沉浸在悲观负面的情绪中，只要我以正向思考为宝宝祈祷，一定能得到全宇宙的帮助。我告诉自己："熊猫妈，请你振作！"

明明变得非常的"玻璃心"，但黑人非但没有嫌我难搞，反而对我更有耐心，我真的非常感谢他的体谅。他认为我既然要看电视，就鼓励我多看些好笑、开心的东西，所以帮我张罗了很多部美剧如 House of Cards、Big Bang Theory 等，让我放松心情，也让宝宝感受到妈妈的活力！毕竟当时心情紧绷、动不动就流眼泪，我其实也很怕会影响到胎教，但对于自己的多愁善感又感到无能为力。所以这些影集确实帮助了我不少，让我转移焦点，缓解心理压力。

再加上之后也跟着看了当时正火的《来自星星的你》《没关系，是爱情啊！》等韩剧，一方面让自己没有时间胡思乱想，另一方面也听说怀孕期间多看些俊男美女等美好的影像，有助于胎教，宝宝也会长得可爱讨喜。说也奇特，我的心情也就因此大大改善了！

🎧 感谢黑人不时制造生活小乐趣，让我转移孕期的情绪不安。恶心话我讲不出口，但真心感谢黑人在我怀孕时期给我的种种包容。

没关系，是妈妈啊！

因为有过大出血的可怕经验，加上情绪不稳定，那时候对"怀孕禁忌"这件事变得更加敏感。什么事可以做，什么东西不能吃，稀松平常的小动作，或是随口想喝个东西，忽然间都变得戒慎恐惧！例如：不能拿剪刀和指甲刀，不可以穿破裤破衣，不拿针线等一大堆。

在什么都不确定的情况下，我就时常上网浏览一些与怀孕相关的妈妈网站，但每个妈妈的怀孕反应都不尽相同，症状更是千千百百种，A妈妈说可以吃的东西，B妈妈吃了却出问题……本想寻求解答却反而让我更无所适从！还记得曾经只是想吃颗苹果，便马上上网询问"怀孕能不能吃苹果？"。结果得到一大堆热心妈咪们的回应，里头也包含"不行噢！苹果是冷的，对孩子不好"这样的回答，真让我不知道该如何是好！而且真的会越看越火大、越看越害怕！

发出去的疑问越多，得到的不肯定答案却更多，让我变得患得患失，自己吓自己！我心想："再这样下去，我根本没东西可以吃了！什么都不敢吃也不敢喝，还把自己搞得神经兮兮！"所以索性横下心来不再流连相关网站，什么都不看，让自己轻松自在才是最好的。因为，我可是妈妈呀！

养胎养身睡饱饱

既然已经下定决心要好好吃东西，但当时又还没有跟好姐妹们分享怀孕这件事，身边没有人可以咨询，所以我就自己上网订了"养胎餐"来吃。里头有肉有蔬菜，还有小鱼干跟调配好的汤等等，所有的东西都去油、去盐，虽然很难入口，但营养均衡，又多是比较好的蛋白质，所以给什么我就乖乖吃什么，三餐都照着吃。有朋友说她吃一天就受不了了，但我为了安胎，就这样狠狠地吃了 3 个月。

有人说为母则强。我当时也是一知半解之下自己上网找资讯，比较内容，然后每天订午、晚餐送到府。那时生怕对方认出我来，还叫对方把餐放在门口，确定人离开了我才开门取餐。现在回想起来又是一个神经兮兮的举动……（想想好白痴喔！）就这样每天两餐、一餐 500 台币地吃了 3 个月，虽然很昂贵，但只要对宝宝好，花这个钱也心甘情愿。

现在回想，养胎餐真的帮了我很大的忙，让不太会自己煮食的我可以吃得健康，又不需要麻烦家人费心照顾，最重要的是不用再神经质地担心什么能吃、什么不可以碰等等。唯一的后遗症就是——如果现在要我再回去吃那些清淡的低调味饮食，我真的是敬谢不敏，光回想都害怕啊！

吃了 3 个月的养胎餐，虽然非常不美味，但我还是很庆幸当时有乖乖吃完，给了双宝成长的好环境。

　　恢复了安心的饮食之后，加上弟弟从美国买了各式各样的维生素给我补充营养，我的孕期前3个月并没有太大的身体变化，食欲也没有特别旺盛。若真要说有什么明显的生活习惯改变，那就是变得很爱睡觉吧！

　　在怀孕之前，因为工作的关系老是飞来飞去，作息原本就不正常，可以说是长期处在"睡不饱"的情况之下。怀孕后，我每天可以睡 10 到 12 个小时，可以说这3个月的睡眠，把我过去 10 年的睡眠不足一次补齐！

怀孕时特别爱睡，加上安睡枕很符合人体工学，是妈妈们的好朋友！

营养品大小事

　　因为我是高龄产妇，加上一次怀两胎，为了确保宝宝的营养吸收无虞，我每天都乖乖服用营养补充品。这些瓶瓶罐罐都是询问过医生，确认孕妇可以酌量摄取后才开始食用的喔！不过每个人的身体状况不同，体质也不同，各位准妈妈一定要先跟自己的医生讨论喔！

🎧 铁剂补充品，适量摄取即可，不能天天喝，否则容易导致便秘。

🎧 叶酸是我从怀孕前就开始吃的营养品，是吃最久的营养品。

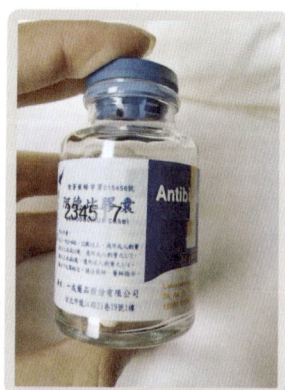

🎧 这是便秘时吃的益生菌，因为我怀孕时便秘非常严重，必须借助许多排便、通便的药物帮忙。

从右到左分别是纯天然维生素、DHA 及钙片。这罐维生素是使用纯天然的成分，我每天吃 3 次；DHA 我选用剂量较低的配方，一周吃一两次而已，因为据说孕妇不能吃太多鱼油；钙片建议睡前吃，有助眠效果。

这罐钙片是佩慈推荐给我的，但药片非常大颗，每次吞完都很想吐。吃钙片会导致便秘，便秘又得吃通便剂，孕妇人生无限轮回中……

这是我之前请弟弟帮我从美国买的，睡不着的时候可以吃的软糖，含有褪黑激素约 3mg，剂量非常低，对我来说心理帮助大于实质帮助。

得来不易，更加害怕失去

民间有一个习俗，怀孕未满3个月不可以说。但媒体一向很爱"目测"女艺人是否怀孕，若是稍微胖了一点马上就会以"孕肚"、"孕味"下标题；或是一旦结了婚，"有没有计划生小孩"、"想要生男还是生女"就会变成固定被关切的问题。我跟黑人也被媒体朋友追问了好些年了，真的很谢谢大家的关心，哈！

而在这么严密的媒体追踪之下，当有公众人物忽然宣布怀孕消息时，更是容易引起大家的惊讶与好奇。也许有人觉得"好消息有什么不能说的"？或是"有必要保密到家吗"？我本来对这种事情没有太大的想法与感触，加上我是基督徒，其实不太在意这些民间习俗，但现在却完完全全可以了解这些孕妈咪的心情。

好不容易怀孕，孕育新生命真的是一件非常开心的事，其实我好多次都掩不住心中的兴奋，很想跟身边的亲朋好友们分享这迟来的喜悦。但正因为得来不易，更加害怕失去，怀孕初期又发生过出血的突发状况，对孩子可能留不住的惶恐始终盘旋在我心上挥之不去。

如果、如果真的失败了，除了要应付我自己的沮丧难过之外，还要面对亲友们、媒体大众的关心问候，我怕自己无法好好地消化这些情绪。所以，我只能努力往心里憋着，并祈祷宝宝能平安顺利地在我的肚子里成长。也请大家多多体谅孕妇喔！时机成熟了一定会跟大家分享好消息，因为肚子也藏不住啦！

🎧 终于可以和大家分享喜讯了！我们要当爸妈啰！

生男生女没压力

　　在确定怀了双胞胎之后没多久，我们便回黑人的老家跟黑奶奶报喜讯。奶奶的高兴自然不在话下，直说她以前也曾经怀过双胞胎，但是最后没有保住孩子，所以我算是弥补了她一直耿耿于怀的一个遗憾。

　　在跟黑奶奶报喜讯的时候，只知道有两个胚胎，对于性别还不清楚。虽然黑奶奶是传统的客家人，但我跟黑人完全没有生男、生女的压力。一来是因为我弟弟跟黑人哥哥都有生孩子了，二来其实我自己是比较想要女生的，因为姐妹们的孩子多半是女生，在怀孕前我就一直幻想如果有个mini me、小范范该有多可爱！我可以尽情地帮她打扮，也可以跟姐妹们的女孩儿们玩在一起，多么美好呀！而且如果是女生的话，姐妹们的漂亮小公主服装我就可以马上接手啦！超省钱的，哈！但黑人的话，大家可想而知，他当然是希望有儿子跟他一起打篮球、看球赛、疯球鞋啦！

　　值得一提的是，黑人是客家人，当然也少不了许多客家习俗。有一回挺着肚子回老家探望奶奶时，据说是为了求安产，奶奶弄了一叠千元钞跟红包，在我肚子上面画了好几圈，一边用钱揉我的肚子，一边嘴里念念有词地说着"小孩子带财……"这一类的台词（客家话我有听没有懂啦）。对于这些突如其来的举动，我当下只觉得有点莫名，无法克制地一直笑场，真是太有趣了！

🎧 把这好消息告诉黑人奶奶的时候，奶奶开心得嘴都合不拢啦！

🎧 客家习俗 ing！奶奶开心，我也开心！

姐妹们，我有了！

　　我跟姐妹们有个 WeChat 的群组聊天室，就在确定怀孕满 10 周以后，我才终于告诉大家，没想到大家的反应都好夸张，像大 S 就大哭到不行，直喊着"范范太好了！"。后来我确认怀了双胞胎、照到两个胚胎时，佩慈甚至大叫了十几秒钟"什么？"听说她惊讶到手机还掉到地上呢！哈哈！

　　而熙娣当时在拍广告，她好不容易压住声量地说："我现在正在拍广告不能叫太大声，但我真的太激动了！"姐妹们这样为我开心，让我深深感受到姐妹们对我的爱跟喜悦！而也就在跟姐妹们公布之后，我整颗心也终于安定下来了，把 10 周以来的所有挣扎跟疑惑都跟她们讲，大家也纷纷传授我许多准妈妈秘诀，这种感觉真是太好了！之前都不能讲，身体有状况也没人可以商量，只能跟黑人默默地担忧着，所以真的觉得姐妹们好重要噢！姐妹万岁！

🎧 何其幸运能拥有这帮好姐妹，分享着彼此生命里的重要时刻！

步步都是幸福

满 3 个月后，宝宝的状况已经渐趋稳定，我便督促自己要好好振作，不要成天窝在家里。因为卧床养胎躺了快 3 个月，全身细胞早已蠢蠢欲动啦！而黑人也非常体贴地每天带着我出去散步。

我们俩每个晚上都会花上大约一个钟头的时间来做点运动，有时是到离家不远的河堤慢慢走上七八千步，有时则是悠哉地闲晃到附近的小店买些水果。

每天散步时我都会跟大小熊猫说："走，我们去走走！"经过小公园就会幻想以后孩子们在这边玩耍、奔跑的模样，走到篮球场就会浮现爸爸教他们投篮的画面，看到一大片绿油油的草皮就会想象以后和姐妹们带着孩子一起野餐的美好……我们的四口之家，就在一步一步当中，逐渐成形了。

🎧 河堤散步虽然浪漫，但时不时会飘来阵阵死鱼味，引发我的害喜反应。（汗）

🎧 最后一次两个人一起跨年，2014 再见！

范范贴心话 TELL YOU

孕妇运动大小事

准妈妈在怀孕期间会补充比平日更多的营养来帮助宝宝成长，而适度运动能促进消化吸收，确保母亲与胎儿的养分吸收充足；同时能刺激宝宝大脑与感官系统的发育，增强母子的免疫力；最重要的是能促进血液循怀，提高血氧量，消除孕期不适，帮助顺利分娩。但在孕期不稳定的前 3 个月与产前两个月则要避免激烈、大量的运动。

散步跟瑜伽都是很适合孕妇的运动，强度刚好，随时都可以进行，依强度建议时间控制在 30 分钟至一小时之间，而且务必要有他人陪同喔！

生命来来去去

很多妈妈说，怀孕时家里的宠物会有感应，或是一个生命的新生，会有另一个生命的逝去，所以也有人家里养了很久的宠物会忽然过世……像我的好姐妹佩慈、熙娣都是这样。

而我家里有一只养了 14 年的 Chief，也在怀孕 16 周的时候离开我们回到天国。我总觉得它跟我有很强的心电感应，那天回奶奶家时我跟 Chief 说："妈妈怀孕了。"还把孩子们的超音波照片拿给它看，跟它说了很多话。很奇怪的是，它的眼神好像知道一切，就像在跟我说"我会保护他们"一样。

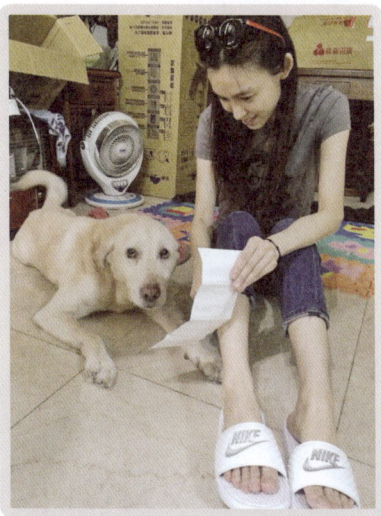

🔵 我们永远的家人 Chief，我把超音波照片秀给它看的时候，它也好像知道什么一样的，眼神很有爱。谢谢 Chief 这 14 年的守护，我们会永远爱你想你。

手残、掉发，我哭哭

怀孕初期，我除了嗜睡以外，有一天睡醒起床，我的双手忽然变得疼痛不堪，无法施力，连牛奶盖都打不开。整只手就像是废了一样，完全失去支撑力，连用手机都有点吃力。

我拖着无力的手用手机搜寻，才发现原来这是孕妇常见的症状——网球肘。我当时还想说："我又不打网球，怎么会得网球肘啊？"有的孕妇甚至严重到连牙刷都握不起来，而且根据网络上妈妈们的分享，说是泡温水会有改善，但效果不是很大。所以我只好戴上一种可以把肌肉拉紧的"加压器"来维持双手正常运作。说也神奇，等到孩子一出生，"网球肘"症状也就奇迹似的不药而愈了。只能说，神把人体创造得好奇妙啊！

虽然网球肘就这样痊愈了，但我想它的好朋友——"妈妈手"应该马上就来接棒了……

🎧 一开始土法炼钢，随意包扎冰敷。黑人是运动员，什么状况都叫我冰敷……（汗）

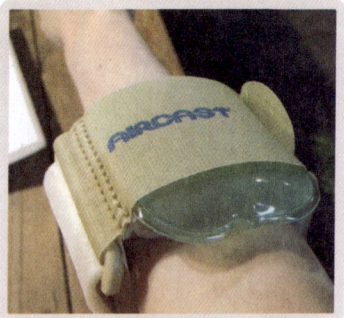

🎧 用了婶婶特地寄来的 Air Cast 加压护腕之后，真的改善不少，但还是隐隐作痛直到生产完才消失。

范范
贴心话
TELL YOU

网球肘大小事

"网球肘"或是"妈妈手"在医学上都属于"重复创伤性疾病",由于不断重复进行某一个动作,超过组织的负荷程度就会导致受伤和发炎。

而孕妇在怀孕时体内会分泌松弛素,目的是为了让骨盆腔附近的组织变得比较松弛,协助胎儿顺利通过产道,但也会连带影响身体其他部位的关节、韧带、肌腱,导致支撑力不足。若加上过度使用,便会产生明显不适的症状。

当时身体外表还有一个比较大的变化,也是对我打击最大的改变就是——掉头发。不知道是荷尔蒙变化或是体质改变,怀孕才不过第一个月,我竟然开始掉发,而且是大范围地一大片、一大片地掉,简直把我吓死了!

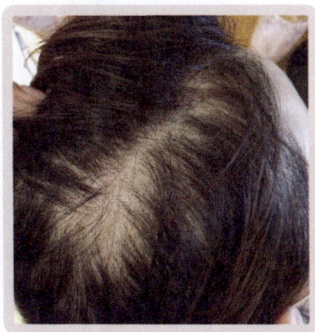

↻ 看!是不是很可怕!

　　我上网搜寻有关掉发的各种可能性，甚至怀疑自己头上是不是长了霉菌，或是误用了什么恐怖成分的洗发精。忐忑焦虑了好一阵子后，我求助荣总皮肤科的医师。医师跟我说，孕妇在产后开始掉发是很正常的状况，但他执业这么多年，还是第一次看到我这种怀孕初期就大面积掉发的个例，还真是有点不寻常。

　　成为特例让我更是紧张，而最令人沮丧的是找不出掉发的真正原因。医师给了我药用洗发剂或是药水涂抹，都没有明显的效果。我还真的一度怀疑自己会不会生完孩子从此变秃头？

　　掉发这件事固然让我感到惊慌失措，但为了肚子里的宝宝们，我也不敢随便服用药物，只好暂时"放弃治疗"。因此怀孕期间我几乎都戴着帽子出门，还记得当时有不少眼尖的网友注意到我在微博上的照片，纷纷留言问我为什么老是戴着帽子？不是我懒得洗头，而是真的有苦难言啊！

与姐妹聚会只能戴帽遮丑……

几乎每次外出与朋友家人聚会都要戴上帽子，还好当时是秋冬时节，不然还蛮尴尬的，哈！

FanFan × H.H 先生

秃头妈妈？！

🎧 出席依晨婚礼时总不好戴帽子吧！只好出动假发来帮忙。看看我旁边那位美艳动人的孕妇，真是逼死人啦！也要在这里感谢帮我找了顶假发的发型师好友哲立。

　　比起手残、掉发，"怀孕生子"已经是上帝赐给我的奇迹了。所以就算有一点小小的副作用、一些些的麻烦，那又如何呢？我得到的已经比我失去的多出太多了！但神奇的是，就在我极力说服自己接受"秃头妈妈"这个事实之后，我的头发竟然在即将生产前的一个礼拜，小小地、细细地、坚定地冒出来了！这种充满新生的喜悦感，就像在预告："宝宝们要出来啰！"

Chapter 3
准备好了吗？

感谢 "送子哥"

在孕期未满 3 个月之前，我几乎足不出户。一来是着床还不稳定，二来是我实在不擅长说谎，若是被问到我恐怕会支支吾吾，自乱阵脚。

这当中唯一出门参加活动，是在怀孕前就答应出席的"苏打绿演唱会"。在此之前，我以眼伤的理由取消了上海跟北京的两场演唱会，当时就有朋友猜测我是不是怀孕了，真的相当佩服他们的神算力！而既然答应了青峰要去捧他的场，更为了答谢他"送子哥"的神效，演唱会当天，我虽然战战兢兢地出门，但也因为太久没出门，掩不住满腔的雀跃心情啊！

只是没想到人一到了小巨蛋，一位热情的妈妈竟然对我喊说："恭喜啊，范范！可终于怀孕了！"当下我果然惊慌失措，完全不知道要如何反应，只能惊恐又笨拙地否认说："没有没有……呃……呃……"那位妈妈见到我的反应，应该也感到很尴尬吧？事后我静下心想想，那位妈妈到底是从哪一个角度、哪一个切点知道我怀孕了呢？真的是观察入微呀！

在 "送子哥" 青峰的威名之下，我们一个个都有喜了！

有很多认识与不认识的朋友都来关心我,一方面是担心我跌倒后的复原状况,一方面提供我许多的怀孕秘方,介绍我各种中药配方,叮咛我要调养身体,喝什么补汤,去哪里求神拜拜……几个小时内就收集到了无数爱心偏方,让我真的深切地感受到大家对我的爱,心中满满都是感谢与感动。

爱音乐的孩子不会变坏

短暂的出门享受苏打绿演唱会后,我的心情也起了小小的化学变化。那场演唱会非常美好,音乐总能安抚我慌乱的心情,我猜肚子里的宝宝在现场也感受到了! 于是演唱会后,我们家每天都开演唱会。我会放古典乐给宝宝听,有时是莫扎特,有时是肖邦,有时是贝多芬,当然有时候也有妈妈情不自禁的组曲哼唱,哈哈! 不管如何,在音乐的熏陶之下,连带着也影响了我自己,心情变得舒缓、放松许多。

除了古典乐之外,我一大早起床的第一件事,就是把胎教机"baby plus"绑在肚子上。"baby blus"是我经由姐妹间口耳相传才知道的好物,在妈妈界被誉为"育儿神器"。据说有听 baby plus 的婴儿较少哭闹、较能安睡、容易管教、比同龄的小孩还要机灵聪明、学习力较强等好处一箩筐。我不求孩子多么聪明,只求孩子乖巧好带。毕竟我怀双胞胎,希望能稍微减轻育儿的负担。

17 周开始我便每天按时放给大小熊猫听，也不知道究竟有没有帮助，直到生完之后，我才发现 baby plus 非常有用。因为大小熊猫出生之后，只要他们哭闹，我就把 baby plus 拿出来安抚他们，很快地哭闹就会停止。你说，是不是非常神奇？

范范
贴心话
TELL YOU

胎教机大小事

"baby plus" 宝宝佳由 Dr. Brent Logan 研发，是美国目前唯一获得专利认证的胎教音乐。它是一种具有 16 段频率的节奏器，可以模拟妈妈心跳的声音，从怀孕 17 周开始使用到生产前，每个礼拜增加一级，早晚各给他们听一小时。利用一系列 16 周的声频课程，强化胎儿的脑部发育，对日后的智力发展非常有利。

每次给他们听的时候，我也会顺便跟他们讲话，内容大概就是："哥哥弟弟呀！你们的妈妈可是职业歌手喔！出来以后节奏感最好不要给我像你爸！"哈哈！

天使贵人

在怀孕的过程中，我很感谢几位生命中的贵人，其中一位当然就是刘志鸿医师！孕期满 3 个月之后，每周回诊的状况都非常稳定，所以我也在第 10 周的时候，从刘医师的诊所正式毕业，转诊到一般的妇产科。

我对刘医师的感激之情实在无法用笔墨来表达。在怀孕前及怀孕初期所经历的所有不安、担心、沮丧、无力，多亏刘医师不断给我支持与信心，并帮助我顺利拥有了这两个这么棒的宝宝，我实在不知道该如何回报这巨大的恩情。但刘医师总是客气地说他只是做了自己可以做的事情而已，不需要回报他，只要孩子出生后，寄张照片给他就好了！这样无私又体贴的照护，真的让我非常非常感动！

满 10 周之后，我从刘医师的诊所转诊到离家较近的黎明妇产科，由黎惠波医师主诊。诊所的位置对我来说非常方便，是个走路就可以到的距离，而且黎医师医术精湛，是台湾非常有名的妇产科医师，既专业又帅气，执业几十年来接生超过 25000 个 baby，陶子姐跟永婕也都在他那边产检或接生，真可说是妇产科界的"圣手"呢！

要面对这样一位极富盛名的医师，我在初次问诊时，多少怀着一点紧张忐忑的心情，也很怕自己问了笨问题。但黎医师本人非常亲切，每次听宝宝的心跳及看超音波时，他都非常有耐心地细细讲解，让我对宝宝的状况能确实掌握，也让人感受到他的丰富经验及高专业度。

　　我真的觉得我们一家好幸运！大小熊猫在生命产生的时候，先后经过这两位这么棒、这么专业的医师细心照护，为他们铺好了成长的基础。更感谢神在我们最需要他的时候，适时派出这两位天使降临在我们左右，给予我们无限的关爱与指引。没有人一开始就知道要如何面对各式各样的状况，但刘医师与黎医师给了我很多力量，让我能一关一关克服，一次一次茁壮。

产检纪录～

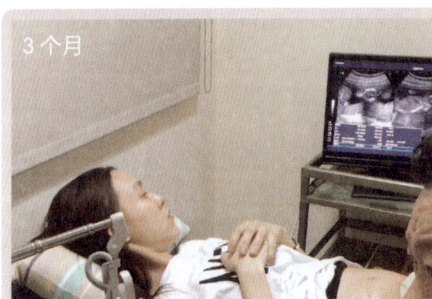

产检时能知道宝宝的身体生长状况，每周每周地看着他们头变大、身子变长都觉得好神奇啊！

羊膜穿刺，弟弟好皮

怀孕满 16 周的时候，因为高龄产妇的关系，我被安排去做羊膜穿刺。在做羊膜穿刺之前，就已经对这项手术有很多的疑虑，道听途说了一些副作用、感染、风险等例外状况，已经把自己吓了一轮了。然后在术后等报告的期间，更是一颗心都悬在那里，开始担忧着如果真的有异常那该怎么办？孩子要怎么养大？我们能做些什么补救措施等等诸如此类，把所有可能的疾病情况都演练了一遍，又把自己吓了第二轮……吓都吓了，所以当时我硬是多做了另一种血液检查，虽然医师说已经做羊膜穿刺了，不需要浪费钱再抽血检验，但我就是想多做让自己多放心嘛！

在做羊膜穿刺之前，对这种不能麻醉，却要把长长的针刺进子宫里抽取羊水的动作感到非常恐惧。但可能因为医师的经验非常老道，实际做起来时根本就不会痛，只有一种酸酸痒痒的感觉，而且动作快到你根本不知道针头已经插下去了。

只是在做检查时，发生了一个有惊无险的小插曲。因为我怀的是异卵双胞胎，所以得要扎两针来抽取分别的羊水。没想到弟弟实在太皮了，就在针插进去子宫时，我们看着超音波上头的发亮点来确认针头有没有碰触到孩子时，弟弟竟然伸手去抓那个针头，吓得医生马上把针给抽起来。还好已经采到羊水，不然我很可能肚皮上又得挨一针！就是因为弟弟这么好动又好奇，所以一个礼拜后我再去照超音波时，他的位置就已经完全改变了，整个人从上面跑到下面去，真是有够皮呀！

做完羊膜穿刺后，终于知道肚子里这两只是"带把的"，虽然不是小范范，但小黑人也很可爱啦！（勉强）男孩可以比较轻松养，衣服乱穿也无所谓，省下了许多置装费，哈！

反倒是黑人，他知道是两个男生之后，还在肚子里就已经幻想各种跟儿子打球、互动的状况了，还说："不用多说，以后一定要进金华中学篮球校队，没有第二选择！"根本把自己的小时候完全投射在两个儿子身上，所以现在我家里包括黑人在内，感觉就像是养了 3 个儿子。

范范贴心话 TELL YOU

羊膜穿刺大小事

由于孕妇年龄越大，生出先天性异常的胎儿的概率越大，如唐氏症宝宝。而透过羊膜穿刺抽取少量羊水，可检查出染色体有无异常现象，及早诊断胎儿的健康情况。

羊膜穿刺属于侵入性检查，先以超音波确认胎儿位置及进针位置后，将一细长针穿入孕妇的肚皮，进入羊水膜，抽取约 20cc 的羊水。

建议 34 岁以上的高龄产妇要进行

细心的黎医师，透过超音波找寻适合下针的位置。

此项预防性检查，而最佳检验时机是孕期 15 至 18 周之间。

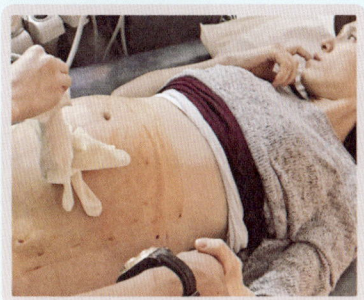

消毒好、确认好位置，深呼吸准备啰！

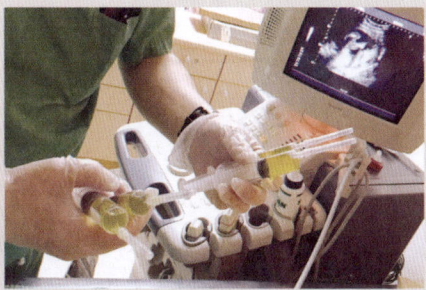

不太会痛喔！只是酸酸麻麻的，很快速就抽好了！

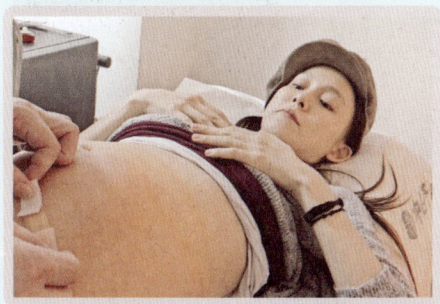

把伤口贴上创可贴就大功告成了！

来自星星的你？

很多妈妈在怀孕时曾做过所谓的"胎梦"，听说有的胎梦可以准确地预知孩子的长相或性别。但我在怀孕期间完全没有做过胎梦，却因为神经紧张的关系，梦过小孩变成各种恐怖的东西。

怀孕5个多月的时候，医师安排我照4D超音波，当时几个画面结结实实地吓到了我。其中有个哥哥的手挡在脸上的镜头，我乍看还以为"哥哥的手长在脸上"？"天啊！医生，我怀了畸形宝宝？"加上耳朵的比例也不太对，整个画面看起来既诡异又恐怖！

而超音波原本可以照到弟弟的正面，却在中途被哥哥踢了一脚，弟弟从此就转成背面，怎么样也不肯回眸让我们瞧一下。结果当晚我就做了噩梦，梦到弟弟的脸猛地转过来，长相却是个外星人！还曾经梦过婴儿的身体长出马铃薯的头，然后我就在梦里面一直大哭！

🎧 手长在脸上、耳朵比例怪异的飞飞以及非常小气、不肯转过来让我看一眼的翔翔。

酸男辣女甜傻瓜？

有听说孕妇在怀孕时的胃口会改变，或是狂吃些以前不太吃的东西，因为怀孕期间小孩会告诉你他们想吃什么。半夜也容易饥饿，就像电视里头的广告一样，会要老公在不可能的时间生出难以取得的食物。但我其实对黑人还不错，在孕期内并没有提出太多无理的饮食要求，例如"大半夜你也要给我生出状元糕"这一类的任性话。只是可能因为孕妇体温高，怀孕期间超想吃冰的，但又为了遵守中医的理论，所以整个孕期我只偷吃了一次冰淇淋，而且还含在嘴里老半天再吞下去，算是很乖的孕妇吧？

若要说有什么明显的饮食改变，那就是前面 3 个月我特别想吃酸的东西，还会去找各式各样酸的食物，甚至曾经半夜起床直接拿柠檬吸吸吸，简直像个饿鬼一样，自己都忍不住觉得好笑，"谁会这样吃柠檬啊？"所以有人说怀孕期间牙齿会变差，据说其中一个原因就是跟嗜吃酸的东西又没有马上漱口、刷牙有关系。为了找酸的东西吃，我前 3 个月还常吃越南河粉、泰式炒河粉等等，挤一大堆柠檬在里头，完全没在客气的那种。

范妈妈常说一个谚语："酸男辣女甜傻瓜。"我本来觉得是老一辈的爱吓人，只是为了不让我乱吃东西罢了，但后来印证起来还真的有点准！因为我在怀孕前原本很喜欢吃辣，尤其在内地工作时很爱吃剁椒鱼头，只要有这道菜，我就可以配上好几碗饭。没想到怀孕后却一点点辣都不能吃，只要碰一点舌头就超麻，会麻痹到口水直流，根本完全无法吃辣。

🎧 怀孕期间，我没有什么特别发生过忽然想吃什么的"使唤老公"事迹，但却异常地爱吃酸，甚至直接把柠檬拿起来咬。

人生第一次节食！

3 个月的"安全期"一到，我们便开始跟亲友分享怀孕的消息。自此以后，除了我自己各式各样的食补，许多朋友也热心地送我鸡精、芝麻粉等各种养生食品，叮咛我补这补那的。身为孕妇界的小学妹，我自然是乖乖听从前辈学姐们的经验传承。

而比起状况较多的怀孕初期，怀孕中期相对平稳许多。人家说"心宽体胖"，不知道是不是这个原因，这段期间我的食欲大开。一来因为吃了 3 个月的无味养胎餐，停掉养胎餐之后便开始反扑，心想：老娘要吃什么就吃什么，我不管了！所以我的体重开始全面失控，从 51 公斤跃升到 68 公斤，简直是直线上升！

而我在怀孕前因为过瘦，所以范妈妈买了各种鸡精跟炖补帮我大补特补，加上每天喝现打的蔬果汁，还用黑芝麻加坚果类跟豆浆一起打成汁，累积到现在搞得我除了营养过剩之外还每天便秘！

怀孕才进入第 5 个月，我的体重竟然已飙升了十多公斤，有些孕妇到生产时也才胖了六七公斤而已，导致

我产检时，黎医师说我胖得太快了！尤其我是 38 岁的高龄产妇，若是体重增加的速度太快，会有妊娠糖尿病的风险！本来以为胖了代表宝宝吸收好，那么，牺牲我的身材又有什么好舍不得的？但是这却代表宝宝可能会因此不健康！我是不是害了宝宝？

🎧 5 个月前我开心放肆地吃，反正孕妇不就是想吃什么就吃什么嘛！小黑子，去买点什么来吃！

范范
贴心话
TELL YOU

妊娠糖尿大小事

妊娠糖尿病是指怀孕前没有糖尿病病史，但在怀孕时，因为胎盘产生的荷尔蒙变化导致胰岛素分泌不足等原因而出现高血糖的现象。多数孕妇可经由代偿性分泌胰岛素来因应，但若无法充分补足，则会形成妊娠糖尿病。它的发生率约是 1% 到 3%。若没有好好控制，对宝宝跟妈妈都会造成很大的伤害。但也不要过度害怕，只要及早发现，并且好好配合医师的治疗方针，在缜密的控管血糖之下，一定可以顺利诞下健康的宝宝。

想来还真是不甘心呀！好不容易熬过不稳定的初期，本来以为可以开始放心地吃吃喝喝了，没想到却被要求节食——每样东西都要吃，但都不可以过量；饮食限制变多，尤其是对于碳水化合物跟淀粉要特别节制。

"不可以过量"对我来说没有太大的困难，但"甜"的东西完全不能碰，对我来说才真的是一种折磨啊！越说不能吃的东西反而越想吃。看到戚风蛋糕、巧克力片都会很想吃，面包更是连碰都不能碰，但我却总是想着这些东西。只能说人真的是很犯贱吧？

血糖测试，没过！

如大家所见的，我从小到大就是个瘦子，原以为"减肥"这件事情，八辈子都跟我沾不上边。就在我以为好不容易可以当个任性又傲娇的孕妇时，竟然被要求减肥，那对我来说简直是晴天霹雳！

因为在我的印象中，孕妇不是可以想吃什么就吃什么吗？电视广告里头那个半夜要吃炸鸡，老公就订了送上门来的孕妇多幸福啊！而且怀孕不就是要胖嘟嘟的才可爱吗？孩子不是才会有足够的营养吗？总之，不管我对怀孕的误解有多严重，或是节食得多么不甘不愿，数字说话了，我的血糖测试没有过！

怀孕中期得做血糖测试，在验血的前一天半夜就要开始空腹，当天抽血检验前，则要喝 100cc 的大量糖水，是连蚂蚁都嫌甜的那种浓度，然后每隔一小时要抽血一次，一共抽 3 次，观察这段期间的血糖变化。还记得 3 次的检验，我都是哭着上黑人的车，对他哭喊着："怎么办啦？没有过！"嚷嚷着小孩会得糖尿病，我也会得糖尿病，都是我害他们的，全家会很凄惨等等。

FanFan ×H.H 先生

该死的血糖

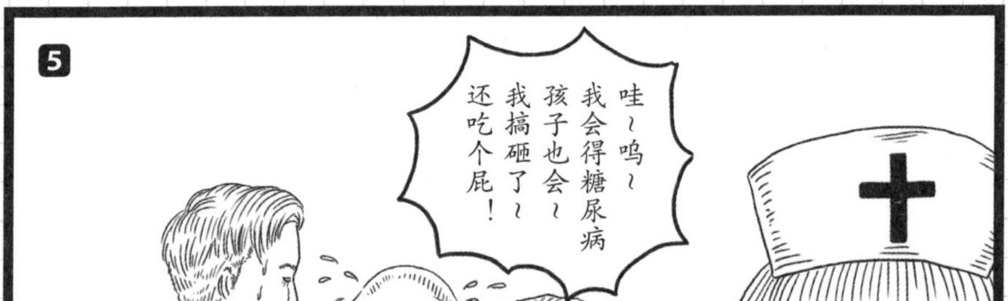
5
哇~呜~
我会得糖尿病
孩子也会~
我搞砸了~
还吃个屁！
啧！
也想太多了吧！
咔啦

模范营养师！

　　但是，哭归哭，总要尽力做补救吧！庆幸的是事情还有回转的余地，最后两个月我求助于营养师，整个妊娠糖尿的情况才获得改善！本来以为营养师会叫我这不能碰、那不能吃。没想到她要我均衡饮食，每样东西都吃，以为完全不能碰的淀粉也一定要吃，就算吃光光也无所谓，因为淀粉才能把蛋白质转化成热量消耗掉，但如果都不运动，淀粉也会转化成脂肪，所以淀粉的摄取量不要过多，好好控制盐分和糖分即可。

　　但我是个外食族，加上很不会做菜，要我每天在家里开伙根本是不可能的事，所以怀孕后期我最好的朋友便是大户屋、鼎泰丰、老张牛肉面、林东芳牛肉面还有庆洲馆韩国烤肉，很难相信吧？

　　当然在这些餐厅里也不是肆无忌惮地乱吃，而是"选择性"品尝美食，像是到了老张就不要叫小菜，汤面的分量不要太多，除了正餐之外的食物完全不碰等等，原则上就是每一餐一定要有碳水化合物、蛋白质跟青菜。

　　我每天都巨细靡遗地记录吃进肚的每一餐，包括吃了什么、烹调方式、吃了几份等等。虽然饮食控制很麻烦，但是为了我们母子三人未来的健康，这点麻烦算不了什么！

控制饮食虽然麻烦，但是我已经很幸运，还不用注射胰岛素，只要注意摄取正确、足够的营养即可。以上这些是我怀孕后期的饮食。如何？看起来还不错吧？

除了外食之外，最后几个月我吃最多的，就是黑人煎的牛排。肉的蛋白质对孕妇跟孩子是最重要的，红肉、白肉可以，鱼的蛋白质尤其对宝宝特别有帮助，至于红肉的话，牛肉跟羊肉都是不错的选择。所以很多妈妈要生产之前都会常吃涮涮锅，就用清汤烫干净的肉来吃，就会只胖宝宝，不会胖到妈妈身上。

怀孕期间，我丈夫会亲自下厨为我跟宝宝补充营养。真心觉得男人下厨还真是帅气！熊猫爸爸，以后就麻烦你啰！哈！

至于早餐的部分，因为早上起床时的食欲不佳，我又不想一直吃生冷的食物，所以熙娣就建议我试试她发明的"滴鸡汤面线"。做法其实非常简单，也就是用两包滴鸡精加上一颗蛋，再煮上一把面线，吃起来就像鸡汤面线一样，也不会有恶心想吐的感觉，一早吃这个既舒服又温暖。

靠着营养师的指示，最后两个月我的饮食经验并没有非常痛苦，却只胖了两公斤，而且还是吃大户屋、鼎泰丰这些外食让血糖控制下来了，大家都觉得实在很不可思议！

妊娠糖尿病饮食控制大小事

1. 少量多餐：一来是为了让血糖稳定，二来是孕妇子宫增大，会渐渐压迫到胃部，影响消化，因此建议少量多餐。

2. 吃对营养：热量、优质蛋白质、钙质、铁质、叶酸、维生素 B 群都不可少，各种水果都可以吃，但必须限量，同时原始水果优于果汁。

3. 留意烹调方式：尽量清淡，以蒸、煮、烤、炖的方式为主，避免油炸，少淋酱汁。

4. 少吃甜食：妊娠糖尿病孕妇最好减少甜食的摄取，若真的想吃甜食，建议使用寡糖，能满足口腹之欲，又不造成身体负担。

如果真的无法忍受去糖饮食，可以试试看"果寡糖"，透过特殊技术保留糖的甜味，却不保有糖的热量，血糖机也测不到。

扎针，吓不倒我的！

在调整血糖的期间，最痛苦的事情无非是每天要自己验血糖。以前对糖尿病不熟悉，在电视上看到血糖机的广告，还无法了解隐藏在"饭前饭后验血糖"这样稀松平常的一句医嘱背后的痛苦，直到事情发生在我自己的身上，才深刻体悟到糖尿病患者的辛苦。

虽然扎针、验血糖并不是一件多么痛或是多么麻烦的事，但却会对心理造成一股无形的压力与制约。每天早餐、中餐、晚餐之前都要先扎针测血糖，餐后也都要测，过不了几天，我的手指头就已经布满了针孔！看着密密麻麻的伤口，我的自怜自爱感不由得悄悄升起，常常觉得我怎么这么倒霉？这么可怜兮兮？但转念一想，这短时间的不方便，可以换来我跟孩子们的健康，尤其与真正的糖尿病患者相比，我的妊娠糖尿病只是一时的，已经是非常幸运的事了。所以我就乖乖地遵从指示，打起十二万分精神来，扎针？不算什么！

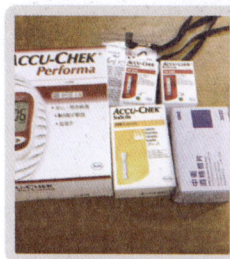

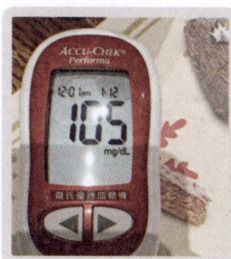

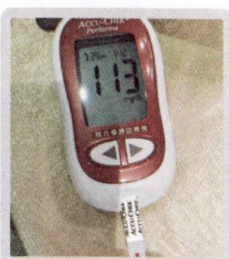

🔊 陪伴我两个多月的好朋友，包含血糖机、采血针、血糖试纸、酒精棉片。

🔊 这是我饭后的血糖，不可以超过 120 喔！

有姐妹真好

到了怀孕后期，我的状况就像是倒吃甘蔗一样，越来越稳定，身体也没有什么不舒服的症状。所以在预产期前，反而活动、聚会没有少过。

以前工作时，总是国内国外飞来飞去的，即使在国内，也是通告行程满满的，很少有足够的时间能和家人、姐妹、好友们悠闲地聚一聚、聊一聊，我心中始终觉得有些无奈。这次托大小熊猫的福气，获得了这得天独厚的长假，我便像是追赶着从前流失的时光，把好朋友们通通见过一轮了，哈！

⋒ 趁着怀孕时的长假，好好和朋友、姐妹们见面。

　　姐妹们还特别帮我办了场"baby shower"。所谓的 baby shower 是西方的习俗，也就是在怀孕第七八个月时，产妇会列出生产前后所需要的东西，然后好朋友、好姐妹们就会认购清单里头的东西当作礼物，选一天来办个 Party 送礼物，顺便传授妈妈经，也等于是让产妇在生孩子前可以再跟好友们好好聚一聚，毕竟有孩子之后，要找齐所有的好姐妹相聚而没有孩子们的喧闹，可能就没那么容易了吧？虽然我的 baby shower 跟国外以送礼为主的形式不尽相同，但姐妹们特别帮我订制了一个熊猫蛋糕，让我好惊喜、好感动啊！爱你们！

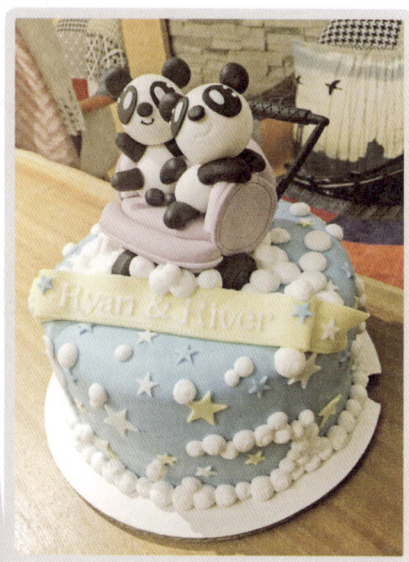

佩慈、静茹、晴瑄帮我特别订制的 Ryan & River 熊猫蛋糕，超可爱！

除了 baby shower，记得在生产前两天，我还不安分地跑去跟静茹野餐。甚至直到生孩子的前一天，我还出门去吃了韩国料理，之后又跑到我们传奇星的咖啡店跟静茹喝下午茶。记得那天大家都很开心，姐妹们还对着肚子里的大小熊猫说了一大堆话，"干妈在这边喔！""出来要听话喔！""兄弟要和乐融融喔！""要当妈妈的好帮手喔！"一边笑闹着，一边不忘对着两个小朋友做胎教，真是太有趣了！

由于身边有许多的"妈妈"学姐们，我在姐妹里面又算是最晚生的，所以常常被耳提面命许多习俗、禁忌，也算是让我这个基督徒开了眼界。

像是在怀孕期间，姐妹们聚会有时会带着孩子一起，我都很想抱一抱这些小朋友，提前感受当母亲的喜悦。但姐妹们知道我有孕在身之后，生怕孩子得来不易的我动到胎气，都坚持不让我碰她们的孩子，说是"胎神会不高兴"。而虽然我是基督徒，其实根本不介意这些事情，但看在姐妹们的一片好意，也就只好顺从她们的意思啰！

谢谢姐妹们爱护我比我想的还要多很多。我家只有弟弟，很多事情还是要女生才能理解与感同身受。我是多么幸运拥有这么多贴心、温暖的好姐妹啊！姐妹们，我爱你们！

🎧 跟我同是基督徒的 Jason 也不介意民间礼俗，两个女儿是我的干女儿，每次都要跟肚子里的弟弟们讲好多话。很期待出生后大家玩在一起的热闹画面哩！

Chapter 4
熊猫来了

左右夹攻

怀孕的中后期，相信很多妈妈都会有坐立难安、"怎么睡都不对"的痛苦经验吧？像我在 20 周左右的时候，就已感觉到肚子的重量跟胎动让人难以入眠，不过当时双腿间还可以夹着半月型枕来缓解些许压迫感，帮助入睡。但是大概是从第 25 周开始吧，因为怀着双胞胎的肚子实在太大，睡觉的时候会感受到巨大的压迫感，感觉肺部都被大小熊猫挤到快从喉咙弹出来了。那种无法呼吸的程度，是我这一生都没有过的恐惧！

求知若渴的我，立刻上网狂查国内外的相关资讯，统整结论发现多数的妇产科医生都建议侧左睡，说是侧右边睡会有血栓的危险。尽管我从善如流地尝试依照此结果开始侧左睡，但就被左边的弟弟踢得整夜无法好好睡，折腾之下换边睡睡看，又被右边的哥哥捶。所以从怀孕 27 周开始，我根本只能选择"坐着睡觉"！并且在头部跟腰部垫满了各种大大小小的枕头，不夸张，几乎就是整个人成 90 度的直挺挺姿态才有办法睡。

黑人则是每天躺在我这道高墙的旁边睡觉。我想他应该是有股莫名的黯黑压力吧？（笑）还好他神经够大条，每天照样可以睡到不省人事啊！哈！

➥ 瞧！这就是范氏高墙，我就这样直挺挺地睡了快一个月。

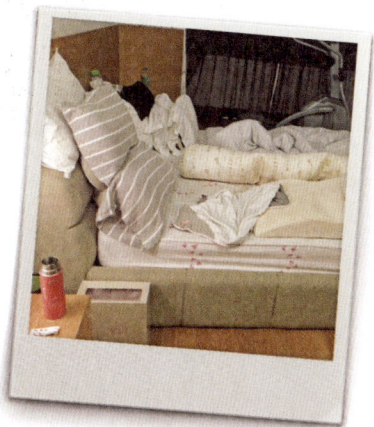

范范
贴心话
TELL YOU

血栓大小事

孕妇由于子宫逐渐增大，容易压迫下半身血液循环，形成肿胀。多数人只要抬抬腿、按摩一下就能得到改善。但少部分孕妇，当静脉血流过于缓慢时，便会在下肢的深层静脉内形成血栓。这些血栓一旦形成，会让下肢血液从"较难回流"变成"无法回流"，这样的肿胀不同于一般的水肿，会伴随着"酸"与"痛"。

而由于下腔静脉较靠身体右侧，医师都会建议孕妇采左侧躺的姿势，让子宫往左侧偏移，可以减少压迫，避免血栓形成。

真的可以撑一艘船的巨肚

看过我的孕肚的好朋友们都会忍不住惊呼："也太大了吧！"每次照镜子或看照片时，连自己都会觉得不可思议！

人体皮肤的弹性与伸展度感原来可以如此的无极限啊！我感到万分惊讶！也为自己可以有这种潜力忍不住偷偷骄傲。（这是值得骄傲的事吗？）

在肚皮被撑得惊人大的同时，我没有忘记"还是要美丽"这个人生中心思想，所以每天都很认真地擦各种润肤油、保湿乳液等等，擦得厚厚一层又一层。现在已经生完的我可以证明，辛苦真的不会白费，我可是没有妊娠纹喔！一方面也要感谢两只熊猫提早出来，来不及撑出妊娠纹就出生了！

在大肚皮的阶段里，我还有难以忍受的"妊娠痒症"，所以常常时不时就得抓一下肚皮。（这时的我终于明白为什么《西游记》里的猪八戒时不时要抓肚皮呀！）那一痒起来真是不得了，非得抓抓

靠着这些保养大军，让我大肚皮没有留下妊娠纹。

不可。但一抓就更痒，也容易黑色素沉淀，若抓破还会留下疤痕，真让人不知所措啊！后来我找到一个法子——把指甲剪得非常短，短到无法搔痒。若真的痒到不行的时候，就派出大量的油，婴儿油、亚麻仁油什么油都可以，用指腹把油擦在痒的地方来回按揉，这才舒缓了我的痒症。

脚指甲剪得干净利落，为我拍拍手吧！

即便有了庞然巨肚，我几乎都还是凡事自己来，像是洗头、洗澡、剪指甲等等，我真觉得自己怎么这么厉害啊？像是比较高难度的剪指甲，我自己发明出一套方法，就是把垃圾桶靠在脚下，上半身挺直，把脚弓上来，虽然脚开开呈现很丑的姿势，但直到产前一个月还可以很利落地自己剪指甲，也在整个怀孕的过程里，发现自己许多过去难以发现的才华啊，哈哈！

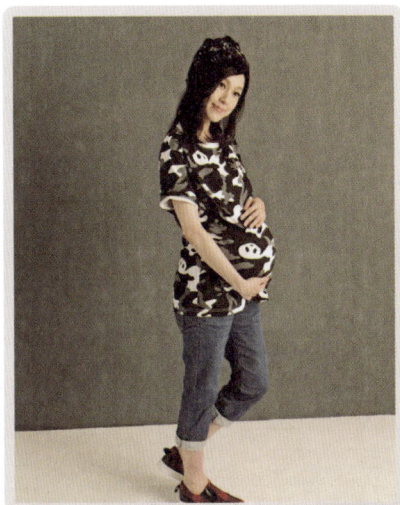

看着大肚时期的自己，四肢没有水肿或变胖，可能和孕时严格控制饮食中的盐分和糖分有关吧！但孕期共胖了 20 公斤，全都集中在肚子、屁股和大腿，视觉上看起来还是很惊人呀！整个青蛙人 Look！

　　黑人时常隔着肚皮与大小熊猫说悄悄话，他最喜欢跟宝宝说："你们的妈妈笨手笨脚又爱跌倒，差点把你们两个都摔掉了，以后你们长大一定要好好照顾妈妈，扶好妈妈，帮妈妈看路，当妈妈的眼睛，知不知道？"

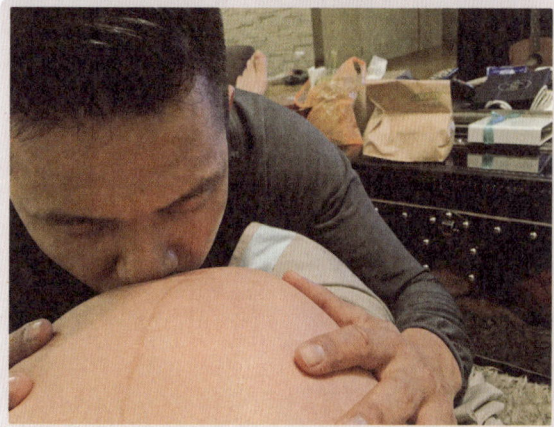

🎧 黑人每天晚上对着我的肚皮祷告，祈祷宝宝健康成长，这是我们家最温馨的时刻。

FanFan × H.H 先生

孕妇人生播映中

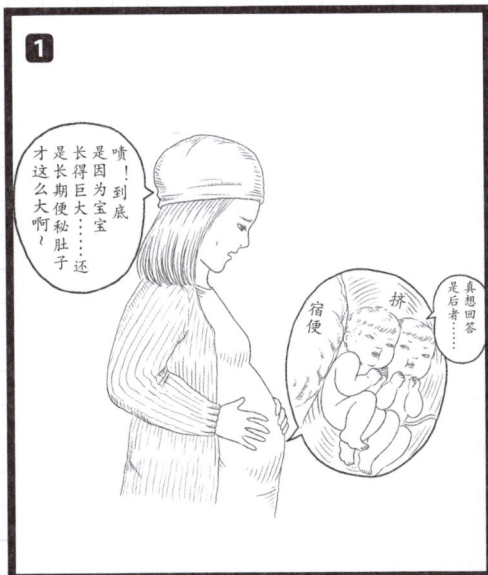

①

②

③

大肚范范全纪录图片集

　　肚皮一天天越来越大，头发却一天天越来越少，呼吸也随着宝宝成长而变得越来越不顺畅，不过这完全不会影响我即将为人母的喜悦与兴奋。有一个朋友推荐我使用 Baby center 这个 APP，它每个星期都会告诉我宝宝在肚子里的成长变化，告诉我需要特别注意的事项。我也用这个软件拍摄肚皮每星期的变化，一星期一星期慢慢倒数着。原本期望能一直收集到 37 周前的所有肚皮照片，怎知道熊猫们在 33 周多就提前来报到了？真是计划赶不上变化呀！（笑）

　　记得那时候每次请黑人帮我拍完照片，我们就一起手握手跟主祷告，祈祷大小熊猫能平安健康，祈祷他们都能为主所使用，成为懂得珍惜、懂得分享、懂得爱人的人。

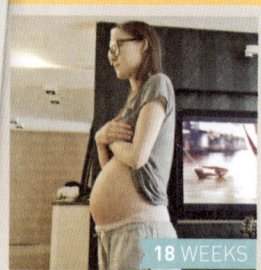

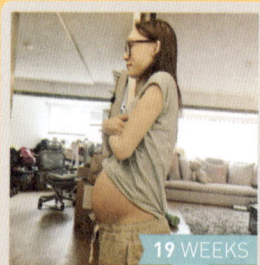

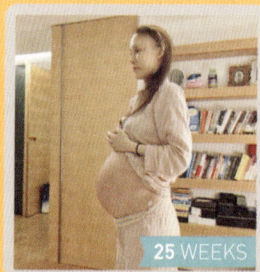

17 WEEKS

18 WEEKS

19 WEEKS

20

25 WEEKS

26 WEEKS

27 WEEKS

28

除了每天早晚给宝宝听胎教机的节奏之外，每天几乎 12 个小时的古典音乐也是不可少的，举凡肖邦、莫扎特、贝多芬，钢琴、小提琴，独奏、四重奏到大型管弦乐，就是想办法要让他们"沐浴"在音乐的海洋里呀！当然妈妈也在这段期间创作了无数首自创 lullaby，想到什么唱什么，就像爸爸说的："不怕他们听不懂，就怕他们听不够！"

胎教的学问虽然我不是学者，但我只知道要尽量跟在肚子里的宝宝多说话，这样他们出生之后就能马上认出妈妈的声音。所以我每天都跟他们说很多话，唱很多歌，其实也是跟自己聊天，跟自己沟通，给自己打气加油！告诉自己要勇敢坚强，从今以后都不再是为自己，而是为了他们努力生活！要更热爱生命，要更珍惜生命，要更加 Love Life！

宝宝，妈妈准备好了，为了你们，我要成为更棒、更懂得感恩的人！

21 WEEKS

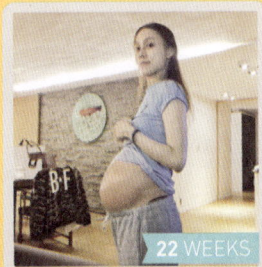

22 WEEKS

23 WEEKS

24 WEEKS

29 WEEKS

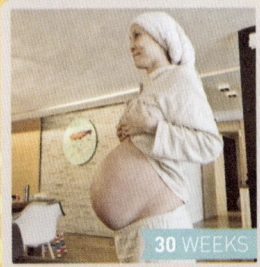

30 WEEKS

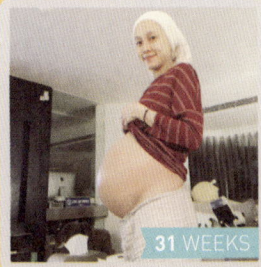

31 WEEKS

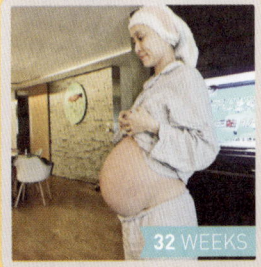

32 WEEKS

羊水破了！

　　孩子们要蹦出来真的不是我们能控制的！就在怀孕 33 周时，我还开心地觉得自己状况绝佳，跟朋友们吃饭喝茶都不成问题时，结果就在吃韩国料理的隔天早上 9 点钟左右，我一如往常地在睡梦中翻身，想要稍微调整一下大腿中间的枕头，所以整个身子往下滑了一点，往右侧一翻，忽然胯下感觉到一阵温热，整摊水就这样 "嘶——"地流出来！一时间脑子里还反应不过来，想说不可能是尿尿啊？我该不会肚子大到尿失禁吧？结果这一片温热的水就这样把整个床单跟棉被都浸湿了！这时候我身为母亲的直觉才惊醒过来——羊水破了！

　　我赶快把身边的黑人拍醒，大声喊着："打鼻快点！我羊水破了！"他在睡梦中惊醒，整个人根本是用跳起来的，跳下床之后，他开始站在地板上不知所措地原地转圈圈！我默默看着他绕了三四圈后，哭笑不得地问他说："你在干吗啊？"他才终于回过神，慌张地问我："那现在要干吗？我要做什么？""我先去洗澡，你把待产包带好。"

　　看着他的慌张，反而让我冷静了下来，加上之前已经看了很多网络分享的生产过程，多少有了心理准备。黎惠波医生先前就已三令五申提醒过我："你是怀着双胞胎的高龄产妇，所以比起同龄产妇更容易早产，所有动作都要放轻、放慢、放柔，尽量不要往外跑……"有了医师的叮咛，我在怀孕第五六个月时，就已经准备好"一卡皮箱"作为待产包，把所有生孩子可能需要的、重要的跟不重要的东西通通都塞进去，想说可以随时应付紧急状况，多带总比少带好，是吧？只记得整个包包塞得满满的，直到真的要生的那天，其实里头究竟有什么东西我早就不记得了，哈！就在黑人手忙脚乱、翻箱倒柜地准备东西时，我则是把大腿给夹紧紧地赶快去洗澡，心里想着接下来 30 天我都不能洗澡了，得好好洗干净才是！

生产的节奏

拎了皮箱，我跟黑人火速冲上计程车飙到中山医院。从 9 点破水到实际赶到医院，其实已经 10 点半了，而我的主治医师黎惠波也早就在医院待命了。本来以为到了医院就直接剖腹生产，过程应该不用太久吧？没想到因为是中度早产，孕期才 33 周，必须确认大小熊猫的肺部已经发育

在阵痛的区间还能堆出笑脸来拍照，阵痛时只差没把手机给拧碎了！

足够才能出生，所以要打两剂肺泡成熟针加速肺部成熟，大约要四个钟头才能让针剂发挥作用，这段时间就只能躺在床上静静等待，连止痛都不能做，但、但我已经开始出血、阵痛了呀！接下来的这几个小时就像几年一样难熬，让我忍不住想唱："我想哭但是哭不出来……"（泪）

虽然是要剖腹生产，但就因为这四个钟头内必须等待肺泡成熟针发挥效用，什么事都不能做，所以我等于结结实实地经历了好几个钟头自然产的阵痛！更何况一般自然产的孕妇，还可以选择无痛分娩，但我却不能打无痛，等于是连同自然产的疼痛都一并经历了……

范范
贴心话
TELL YOU

肺泡成熟剂大小事

对于有早产风险的孕妇们，医师会建议施打胎儿肺泡成熟剂，属于类固醇。但请不必过度担心，类固醇能加速胎儿肺部成熟，预防早产儿呼吸窘迫症，在适当剂量内施打不会对胎儿造成影响。一般而言，最佳施打时间是 24 周至 34 周，每 12 小时施打一次，共两次。但医生评估我已经 33 周，宝宝的肺部成熟度还不错，加上我的宝宝已经迫不及待要出来了，所以缩短药剂作用时间。

我的守护天使

　　还好到医院之后，我急 call 了好姐妹佩慈，她第一时间火速赶到医院来陪我。不管提起多少次，我都觉得她真的是我的天使，在我最不安跟慌乱的时候，能有她在旁边陪着我，真的让我安心不少。而且佩慈不亏是个当妈的人，在赶过来找我的短暂时间内，她就帮我带了好多东西，像是腹部保暖的暖暖包、产妇需要的袜子、接下来几天可能会用到的小物品如溢乳垫、绑骨盆的束腹带、吸奶器等等这些我根本毫无概念的东西。她非常有耐心地一一教我怎么使用，也成功转移了我的注意力，让我几乎忘了身体底下铺的垫子已经全都是血了……人生中有几个关键时刻，会让人觉得朋友真的非常非常重要，我想，这就是其中之一吧！

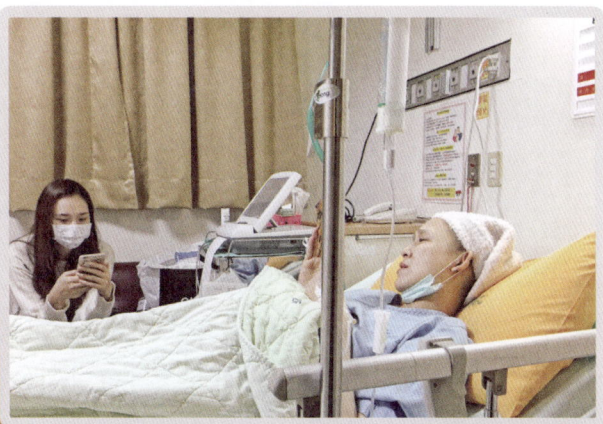

🎧 谢谢天使佩慈的陪伴！瞧瞧我右边那张的表情，可以猜到我的阵痛指数吗？

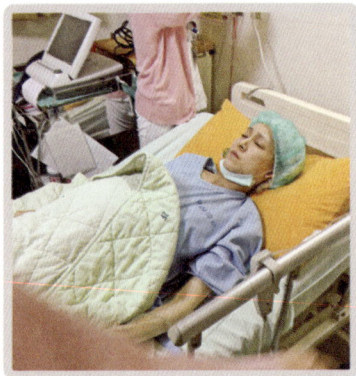

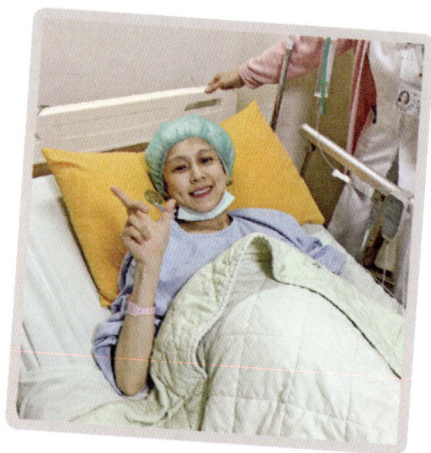

🔊 准备进产房了！看我前一秒还在阵痛到不行，后一秒还是要勇敢 Love Life！

　　躺在床上等待时，我们一直看着宫缩指数跟胎心音的监测机器，也就是大家俗称的"阵痛指数"。每次指数一升高，我就只能认真地吸气吐气，希望能减低疼痛感。有时候指数飙到九十几的时候，我痛到脸色发白，全身发抖，终于体会到有些孕妇会说"痛到不想再生"的感受了！而佩慈就在旁边看着机器说："喔！这个很高！这个很高！""这次还好啦——普通普通。""喔——这次很痛吧！"床上的我根本痛到无力回话了，真的是满惨的，妈妈们真的好辛苦呀！

🐼 从地狱回到天堂

　　常有人问我生孩子花了多久时间，其实对于剖腹产的我来说，要不是有前面四个小时的类固醇作用期，整个生孩子的过程其实非常快，4点15

分进到产房，4 点 34、35 分两个孩子就分别出生了！感觉不过是一眨眼的时间，真的是挺奇妙的！

还记得我从 11 点阵痛到 4 点多，确定孩子们的肺部功能没问题了才被推进产房，那时候我甚至都还没开指呢！进了产房之后开始打麻醉。由于我是半身麻醉，要由脊椎打入麻醉剂，麻醉师要我侧躺抱紧小腿，像虾子一样弯起身子，但我怀着巨肚根本很难抱到小腿。在护理师的温柔协助下才好不容易勉勉强强达到虾子姿势，然后一阵冰冰凉凉的消毒之后，麻醉师跟我说"打好了！"，我完全没感觉到打针的感觉！然后下半身忽然开始变成酥酥、麻麻、胀胀的感觉，脚也无法动，真的很奇妙。

接下来的整个生产过程就真的可以用从地狱回到天堂来形容！我看着医护人员在旁边忙碌着，没一会儿哥哥就出来了！再一会儿弟弟也出来了！大小熊猫出生时都是屁股朝下的姿势。本来弟弟的胎位是正的，也就是头部向下，但可能是被哥哥踢啊踢的，最后竟然整个转了身，也跟着屁股往下，导致他们两个都有胎位不正的问题。所以就算不是早产，我也不可能自然产。

对于剖腹产的我来说，整个过程不过是短短的十几二十分钟，孩子就从我肚子里出生了，但这背后的工程，却是许多组医疗人员的努力！当天一大早羊水破了，确定是早产之后，中山医院同一时间就已经通知了国泰医院小儿加护病房的医疗人员。因为中山医院与国泰医院相互配合，只要遇到重症的状况，就得转送国泰医院做进一步的治疗。所以就在我待产的期间，另一组国泰医院的医疗人员早就搭着救护车，载着两个保温箱在中山医院外头待命了！

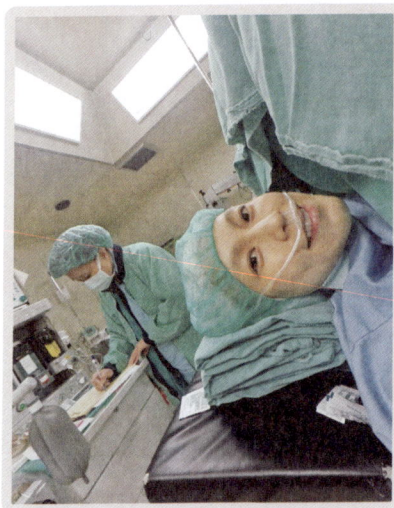

由于剖腹产家人都不能进产房，但我实在很希望能记录这珍贵的一刻，于是只好拜托其中一位护理师帮我拍摄，谢谢护理人员帮我完成这个愿望。

最不舍的距离

在生产的过程中，我只有下半身被麻醉，上半身则是清醒的。可能是因为怕妈妈在剖腹过程中会紧张乱动，所以在手术台上时，我是被五花大绑地固定住的，双手都得绑住。而两个孩子一出生就得放进保温箱送去国泰医院，也就是说我完全无法在第一时间抱到他们。这对我来说真的是无法接受啊！

哥哥出生时的状况比较好，所以护士还有把他抱过来我身上，让他靠着我依偎一下，但弟弟一出生就被放进保温箱里面。眼看着他就要被带走，我整个人急得不得了，苦苦哀求医师："不行——拜托！拜托让我看一眼！"那是种很奇妙的心情，明明我还没真正看到他，也根本还不认识他，但想到要跟他分隔两地，那巨大的哀伤好像是要割掉我的一块肉一样，真是有如锥心之痛！当下的我急得快哭出来了，一直央求国泰的医疗人员把孩子抱出来一下，至少让我看一眼也好。可能对方拗不过我这个妈妈的悲情诉求吧，他们还是把弟弟从保温箱抱出来让我靠一下，让我稍稍得到了些许安慰。

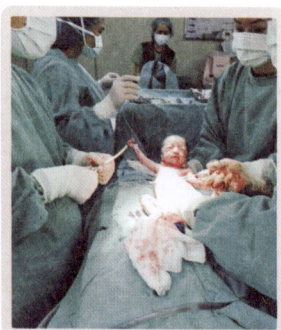

大小熊猫只差一分钟来到这个世界，他们的哭声细细柔柔的，好像啜泣那样，微弱但有力。

感谢医护人员仔细地检查孩子的身体状况。若没有两个医疗团队的专业帮忙，就没有健康的大小熊猫。谢谢你们！

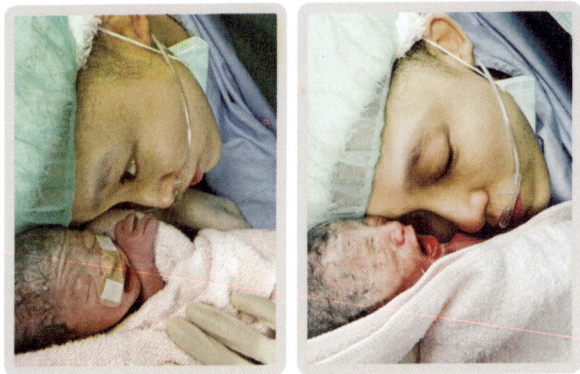

在宝宝要被送到国泰医院小儿加护病房前，我用尽最后一丝力气拜托医师们让我跟宝宝头碰头，看他们一眼，跟他们说："妈妈好爱好爱你们，要勇敢喔！"

虽然是只差一分钟出生的双胞胎，但出生后的状况还是有很大的差别。根据医师的判断，应该是哥哥已经准备好了，他想要先出来，所以把羊水给踢破了，因此他出生后的状况比较良好。但弟弟还想继续待在里面成长，却无预警地被赶出妈妈的子宫，所以可能是因为还没准备好的缘故吧，他的呼吸系统出现了点问题，因此出生后就得一直戴着呼吸器。看着弟弟现在很好、很有活力，我当然放心许多。但刚出生的那三周多，他都得住在国泰医院小儿加护病房的保温箱里。每次我看到他戴着呼吸器、喂食器，就觉得非常亏欠、对不起他。还好这些都已经过去了。

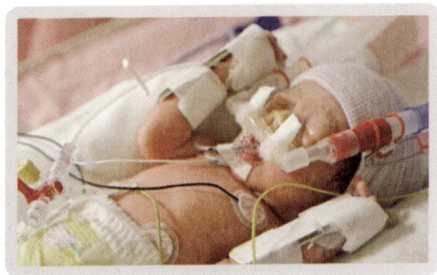

看到弟弟身上满是管子，我就忍不住自责，来不及给他健康的身体来应付这个世界，让他得靠自己小小的身躯努力，我真的好心疼。

上演万里寻子的我

因为剖腹的关系，我暂时无法下床，而宝宝们在另一方的国泰医院保温箱里，我每天只能透过黑人拍回来的照片来一解相思苦。看着宝宝的状况越来越稳定，我心里的担忧也渐渐放下。但始终还没能亲眼见到他们，亲耳听到他们的呼吸，亲自摸摸他们的小手，我心里还是有种不踏实的感觉。

产后第三天开始，我就每天从中山医院溜到不远处的国泰医院探望两个宝贝。虽然黎惠波医师不准我下床，但我的两块心头肉明明近在咫尺的地方，要我扔着他们不去看，这种要求可以说是泯灭人性吧？耳朵很硬的我没有听医生的话。可能就是因为这样，导致直到产后三四个月，我的子宫还没有完全归到正确的位置，下腹部常常感到不舒服，算是对我这位任性妈妈的惩罚吧！但为了两个孩子，就算明知会有后遗症，当时仍会不顾一切地去探望他们吧？

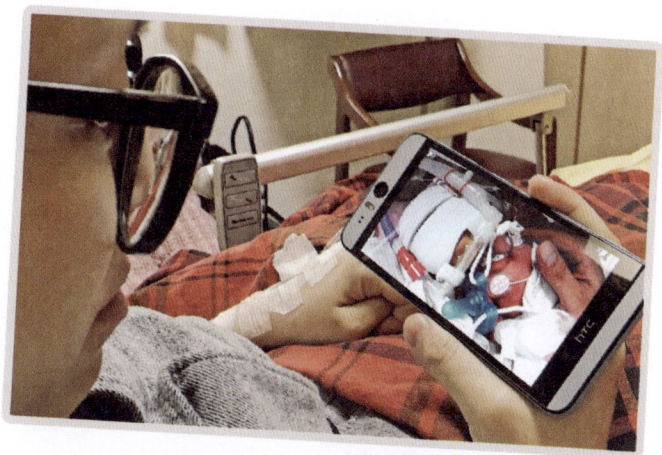

透过手机屏幕看到翔翔接受着各种检查与治疗，心里是又安心又不舍，他还这么小呀……

　　那是一种很微妙的身心状态，每走一步路我的伤口就抽痛一次，但是距离宝宝更近一步，我的心情就更雀跃一点。一直到终于走进小儿加护病房，我永远记得第一次见到他们躺在保温箱里的情景，我的眼泪瞬间溃堤，完全讲不出话来。见到他们的那一刻，心中溢满出来的全都是亏欠跟不舍，一直想着，是不是我的疏忽让他们提早出来？如果可以再撑四周多好！其他怀双胞胎的妈妈多半都可以撑到 37 周再剖腹，而我却在 33 周就得提前让他们出来，是不是有什么事情做得不够好？

　　但转念一想，我们已经很幸运了，因为大小熊猫出生时体重算重了，许多双胞胎出生时比大小熊猫更小，甚至听过不到 1000 克的巴掌仙子。而我的肚子实在太大，加上羊水超过 4000 克，再撑下去对自己跟孩子都不是好事，所以孩子们能够在这样的时间点平安地出生，我已经很感谢主了！

　　种种复杂的情绪一瞬间涌上心头，有感动、开心，也有不舍、自责。但真的很感谢天父给了我们这两个宝贝，让我们学习到更多元、更宽广的人生课题。此刻我真真切切地体认到自己成为妈妈了！

🔊 宝贝加油！妈妈虽然还不能抱抱你，但妈妈就在外面守护你，绝不离开！

爸爸妈妈来看我~

PART 1

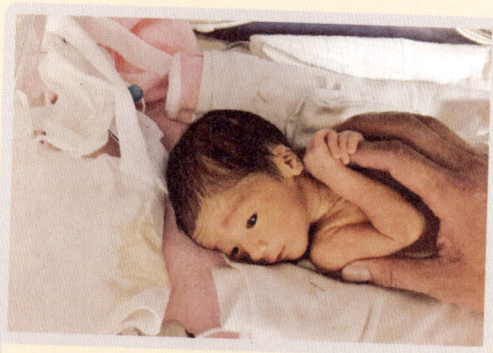

🎧 飞飞："这是谁的手啊？好像巨人！让我来看仔细，他黑黑的，高高的，大大的，看起来很温柔的样子！是传说中的把拔吗？"

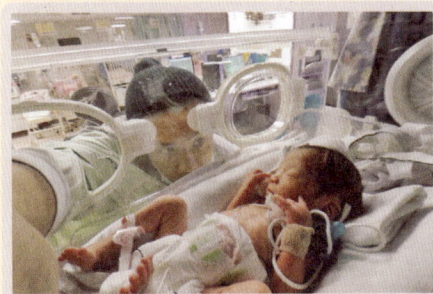

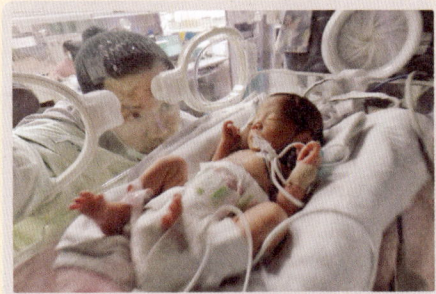

🎧 翔翔："这个人是把拔吗？连我睡觉也不放过，一直盯着我看，他看起来好紧张喔！是不是我还太小，把拔担心我长不大呢？把拔的手好大，好有安全感喔！"

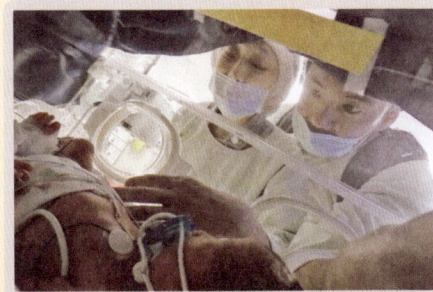

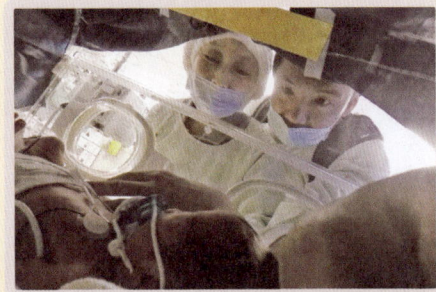

🎧 翔翔："如果那个黑人是我把拔，那这个白白的女生就是我马麻啰？马麻为什么眼睛湿湿的？马麻好漂亮，不要哭，不要担心，我会快快长大，好想要被马麻抱在怀里喔！"

PART
2

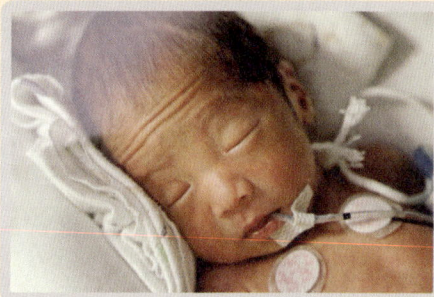

🎧 翔翔："晚一分钟所以我是弟弟？可是我有抬头纹耶！不可以当哥哥吗？"

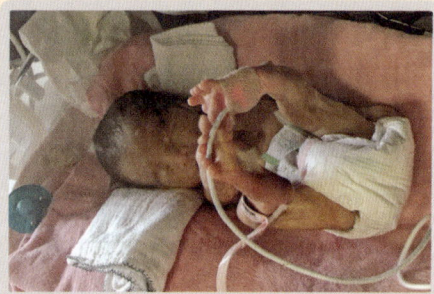

🎧 飞飞："不可以！抬头纹我也有，没什么好比，你看我脚可以抬这么高，你可以再来说吧！"

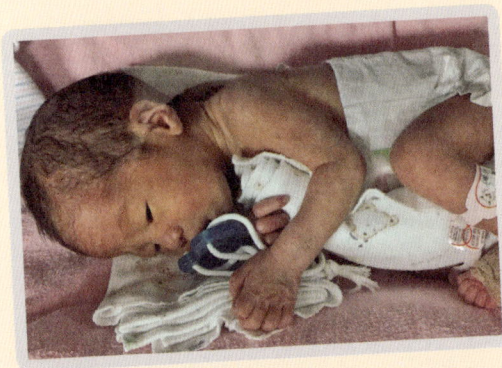

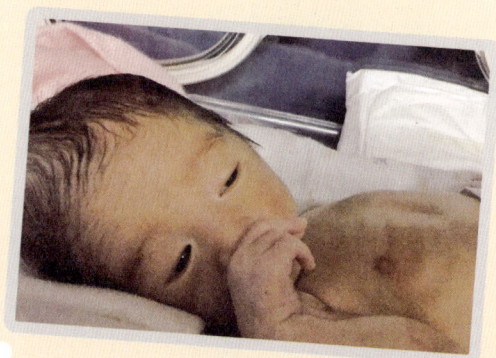

🎧 翔翔："那我乖乖吸奶嘴好了，哥你好行！"

🎧 飞飞："唷！你这小弟不错唷！"

PART
3

↪ 让我来接一下电话！

↪ 哥哥喔！你说什么？
不能翘小指头吗？

↪ 好吧！听哥哥的话，
那我伸懒腰好了！

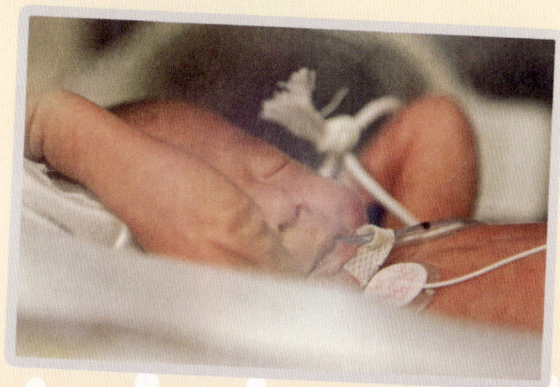

亲亲我的宝贝

一般孕期是 40 周，双胞胎通常是 37 周，而我则是 33 周，也就是 8 个月又一周的时候，大小熊猫就提前来报到了！

现在看着大小熊猫头好壮壮的样子，实在很难想象出生时抱在手上，就像两只小老鼠一样迷你的兄弟俩。出生时哥哥才 1915 克，而弟弟更轻，不过 1871 克，加上生下来之后体重又会因为脱水而变轻一点，两个人大概各掉了 100 克左右，一个剩 1800 克，另一个勉强有 1700 克。现在回头去看黑人当时拍下的照片，两个人都是又瘦、又黑、又干，看起来实在很让人担心，所以他们必须待在保温箱里好一段时间，至少要养到体重达 2300 克以上才能出院。

在住院的过程中，大小熊猫因为黄疸指数太高，脸色非常不好，所以中间还有过一次输血。也连带着检查出两个孩子都患有"蚕豆症"。虽然新生儿黄疸并不少见，但黄疸确实也是蚕豆症的症状之一。"蚕豆症"是一种遗传性疾病，几乎只存在于男性身上。因为黑人有客家血统，听说客家血统偶尔会出现蚕豆症的遗传基因。还好医院方面有及早检查出来，这样之后有亲友要拜访或看孩子，我们才能特别小心留意，会要求访客穿上隔离衣，就是怕衣物上的樟脑或是薄荷引发孩子的蚕豆症，造成危险，实在不是因为我们对孩子太紧张兮兮啊！

熊猫真是太有福气了，被这么多大明星叔叔阿姨疼爱呀！而为了宝宝的健康，好友都得穿上隔离衣，大家都有标准制服与动作，哈哈！

范范贴心话 TELL YOU

蚕豆症大小事

"蚕豆症"是台湾地区最常见的先天性代谢疾病。罹患此症的小孩须随时注意各类易引起溶血的物质，或在发生溶血时，施以合适的治疗，就不会有任何后遗症，也不会影响身高、体重及智力等健康发展。所以虽为一种遗传性疾病，但只要平日多加注意，小孩仍可正常长大。

日常生活注意事项：

1. 不随意服药，所有药物均需经由医师处方。

2. 避免吃蚕豆或蚕豆制品。

3. 不可接触、嗅闻樟脑丸。

4. 不要使用紫药水。

天下父母心，孩子的健康比什么都重要。而由于高龄产妇怀有先天性疾病胎儿的机会比适孕年龄的产妇高，让我在怀孕时就已经在为孩子的健康担心，因此决定保存脐带与脐带血，一来是为大小熊猫的未来做准备，二来是希望有朝一日透过公捐库也能帮助到需要的人们，将 Love Life 的精神传递下去。

范范贴心话 TELL YOU

脐带血大小事

大家知道吗？每两百人便有一人在 70 岁前有机会需要干细胞移植。目前全球有超过 35000 宗脐带血移植案例，脐带血更被证实可医治 113 种疾病，有关脐带间叶干细胞 (MSC) 的临床研究则有超过 490 项。脐带血和脐带储存一生只有一次机会，于新生儿出生时采集，切勿错过保存时机。

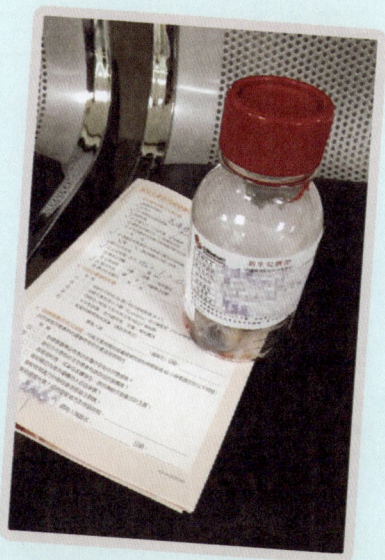

🎧 脐带血与脐带的存放环境非常重要，无菌的取得过程也不能马虎，全部交由专业人员处理。（左图为母血检验管，右图为脐带保存罐）

袋鼠式护理

看着大小熊猫持续在跟自己奋战，我这个做妈妈的每天最重要的事，除了挤奶之外，就是到国泰医院去帮他们做"袋鼠式护理"。而同时间的黑人爸爸则因为家里在整修，每天像个陀螺一样地国泰、中山两家医院跟家里三边跑，还有固定录影的工作。所以每天晚上跟宝宝在做袋鼠护理的时候，我们两个常常是累得忍不住一起呼呼大睡。一家四口睡在一起的感觉真的很温馨，但画面也挺逗趣的！

所谓的"袋鼠式护理"，就是模拟小袋鼠还在妈妈袋子里的情况，让孩子们紧贴着爸爸妈妈的胸口，聆听爸爸妈妈的呼吸跟心跳，借以仿照他们还在我子宫里面的情境。这么做可以安抚他们，不然大小熊猫每天都躺在保温箱里，没有跟爸爸妈妈的亲密相处，会有多么的不安啊！尤其弟弟在做袋鼠时还是戴着呼吸器，所以我都希望能尽量给他多一点点的安慰，让他知道妈妈也在为他加油。

因此做袋鼠的这一个小时，对我来说就是每天最重要的事。国泰医院的医护人员对我们也非常体谅，因为本来每天能做袋鼠的时间只有半小时，但因为我生的是双胞胎，所以院方特别给我双倍的时间跟孩子相处，并且每天帮我们仔细记录宝宝的生理变化、食量、排便次数等等，让我就算不在孩子身边，也能确实掌握他们的状况。

🎧 谢谢国泰医院的护理师帮我们细心记录飞翔的大小事。

袋鼠式护理总共持续了23天，每天看着孩子在怀里熟睡，每天都比昨天更茁壮，就觉得一切辛苦都值得了！

范范
贴心话
TELL YOU

袋鼠式护理大小事

袋鼠式护理是针对早产儿所研发出来的照护模式，让母亲将宝宝拥抱在胸前，借由皮肤与皮肤的接触，让宝宝感受到母亲的心跳以及呼吸声，仿照类似子宫内的环境，让早产儿可以在父母亲的拥抱及关爱中成长。

袋鼠式护理对于稳定宝宝心跳速率及呼吸、稳定血氧浓度有很大帮助，借由与父母亲皮肤接触给予温暖，使宝宝有安全感，达到减少哭泣、延长睡眠时间并加速体重增加的目的。

我怎么舍得你哭

生了孩子才知道早产儿要做的检查项目真的很多，包含脑神经、听觉、肌力张力、心智发展……其中让我到现在想起来还会打冷颤的，就数眼睛检查！由于早产儿视网膜病变的概率较高，为了要确定他们的视网膜有没有发育好，所以医院安排了眼睛检查。那时大小熊猫出生才一个多月，整个过程非常非常地恐怖，每每想起我的心就会痛得揪起来！

孩子在检查前，必须点散瞳剂，每次间隔几分钟，连点三次。而因为宝宝会乱动跟挣扎，所以必须要有护士抓住他们的手跟脚，关掉大灯后，医生会用一种特制的金属片把眼皮撑开来，再拿一支器具插入眼睛中，转动他们的眼球！

光是想象这个画面，相信没有几个大人受得了吧？而当时飞飞翔翔才一个月大，比巴掌没有大上多少，却要做这样的检查，任何父母都舍不得吧？当时我听到他们在哭喊、尖叫，我也跟着在旁边大哭，因为实在太不忍心了！这个检查对孩子跟妈妈来说真的是酷刑，当你以为忍过这一次就没事了，却被告知隔一个月还要再做一次……我当下心想：没有更文明的方式吗？（哭）听说很多妈妈在做到一半的时候就吓坏了而放弃，因为无法眼睁睁看着孩子受这种折磨。但如果我就这样放弃，又怕以后有后遗症，那我该怎么跟孩子们交代？所以只好强忍心痛让他们做完全部的检查。

最值得庆幸的是检查报告没有异常，只需要半年后再回诊即可，那真是让我大大松了一口气。但从此之后，无论是做检查或是打预防针，只要听到他们那么难受地大哭，我都会心痛到无法承受。所以后来常常都是让黑人负责带进去诊间，我这个爱哭的妈妈则老是躲在外头等待，一直在门口偷听是不是熊猫的哭声……

还好检查没有异常，感谢上帝！

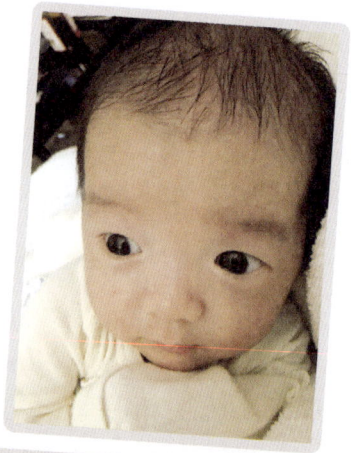

看他们的睡颜、笑颜、眼睛骨碌骨碌地转的萌颜，你怎么舍得他们多哭一秒钟？

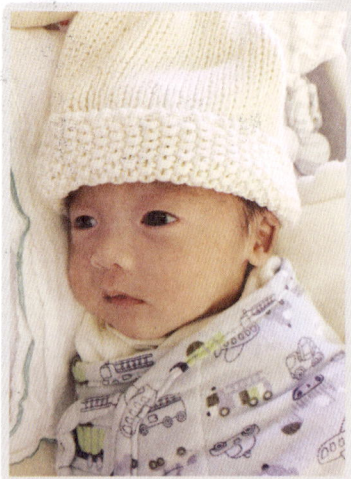

范范
贴心话
TELL YOU

早产儿视网膜大小事

人类婴儿的视网膜于 16 周时开始发展血管，接着视神经如同心圆般扩展出去，36 周时到达鼻侧视网膜边缘，40 周时才能到达颞侧视网膜边缘。而早产儿是指未满 36 周诞生的宝宝，这代表早产儿的视网膜尚未发育完全，相较于足月产的胎儿，有较高的概率罹患眼睛疾病，其中包含早产儿视网膜病变。

最近几年眼科研究报告指出，出生体重和出生周数是发生此症的主要因素，也就是早产儿体重越轻、周数越低越容易产生病变。

小河童泡汤趣

还记得第一次帮宝宝洗澡时，因为很担心自己笨手笨脚会弄伤他们，每做一个动作就会跟护理师确认一次，最后在护理师的协助下战战兢兢地完成了这个洗澡初体验。宝宝们的身体好小好软，放在黑人手里根本就跟手掌差不多，看着他们倚在我们手上放松的样子，我也忍不住笑出声来。怎么有点像河童呀！

　　两兄弟的洗澡反应也是大不相同，哥哥眼睛睁得大大，弟弟闭着眼睛。相同的是两人都喜欢洗香香，洗完澡总是一脸舒爽满足，让我们都好有成就感！

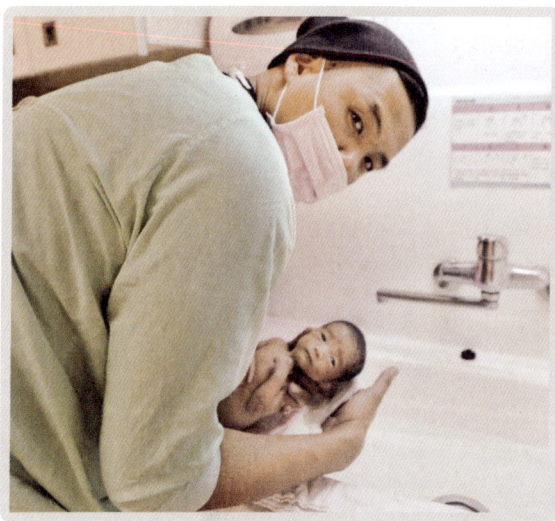

🎧 像小猴子黑黑扁扁的小飞飞，安静地享受爸爸帮他洗澡。发现飞飞特别喜欢洗澡喔！

🎧 拔掉鼻管的翔翔恢复状况超好！就快赶上哥哥啰！

我们的第一组全家福

Chapter 5

新妈上路，
请多多指教

♪ 新妈大作战

　　大小熊猫出生之后，又是另一场战争的开始！因为宝宝在保温箱待了三个礼拜，所以当别的妈妈前三周在坐月子时，我则在中山医院当奶妈！过的是货真价实被奶量追杀的日子。因为什么都没法做，只能努力地生产母奶，喂饱我的熊猫宝贝。每天在医院里的工作就是挤奶、挤奶、再挤奶。黑人每天都要充当快递，中午时先把母乳送到宝宝那边，我则在晚上八九点再亲自送过去。

　　在怀孕期间，姐妹们跟我分享了很多妈妈经，如婴儿用品的挑选方法、帮宝宝洗澡的诀窍、喂哺母乳的秘诀、冲奶量的食谱……像是佩慈就带了好几款尿布跟我分析其中的优点与缺点；Jason 的太太小咪也热心地送我炒黑豆，说是拿来泡茶喝可以帮助发奶，帮助产后泌乳；静茹也带着她特制的红枣当归桂圆茶给我补气补奶，还给我买了卵磷脂补品，感谢有余。

➲ 小咪送我的炒黑豆及月子中心提供的泌乳汁都是我的发奶帮手！

　　跟网上许多妈妈们的经验分享比起来，我喂哺母乳的过程其实还算是顺利，至少不是挤不出一滴奶的状态。只是刚开始还不熟悉时，还是经历了那个痛到喷泪的痛苦胀奶历程。感谢姐妹晴瑄那时特别帮我通乳，教我怎么用通乳棒、吸乳器等等，还帮我按摩我那样石头一样硬的胸部，鼓励我不要放弃。爱你晴瑄！她一直说再痛、再硬也要推开来，我都乖乖听她的话，因为她可是单次奶量可超过 400cc 的无敌奶妈呀！

　　没生孩子之前，老实说不觉得喂母乳这件事到底有什么困难的。为什么政府机关及医院上上下下都努力宣导喂母乳，甚至会苦口婆心跟妈妈说"一定要试着挤出奶来，千万不要轻易放弃"等等。这件事真有这么难吗？结果孩子们生出来之后，我竟然也开始加入了"母乳大作战"的行列，原来真的就是这么难！（哭）孩子出生过后我最大的烦恼就是奶量，每一天都在跟自己比赛，若能比昨天多就开心得不得了，若比昨天少就觉得挫败，真不知道在拼什么啊！

🎧 谢谢佩慈、晴瑄与静茹在"新妈大作战"中担任我的王牌军师！

➲ 母乳的营养价值真是不容小觑，看飞飞、翔翔的变化就知道！

范范贴心话 TELL YOU

母乳大小事

　　母乳是大自然给予宝宝的宝藏，含有优质的碳水化合物、蛋白质、脂肪、维生素、矿物质、脂肪酸和牛磺酸等，能满足宝宝的营养需要，对妈妈产后的子宫收缩、身材恢复也有帮助。因此不论是世界卫生组织或是各国医界，都建议哺喂母乳到宝宝六个月。虽然喂母乳对母子好处多多，但也千万不要让奶量成为妈妈的压力来源，快乐的妈妈才能养出快乐的孩子喔！

FanFan × H.H 先生

人生最高"峰"

一人吃，三人饱

　　孩子出生三周之后，好不容易情况稳定了，体重也达到标准了，我们便一起从医院转到月子中心。后来因为家中还在装潢，一时也回不了家，所以在月子中心里足足待了两个月！跟我同时期生产的艺人朋友很多。对于艺人这个行业来说，得一直维持"自己的标准体重"，上镜头才会好看。但我每次看到新闻说某某某产后迅速瘦身，某某某生完就恢复到孕前体重等等，压力都好大喔！（哭）

　　我怀孕前 48 公斤，打排卵针时胖到 51 公斤，生产前 68 公斤，产后为了哺乳，在月子中心的两个月只瘦了 8 公斤，因为每天喝月子中心提供的补汤，根本不可能多瘦啊！而且若一天没有喝到 4000 ～ 5000 cc 的汤汤水水，

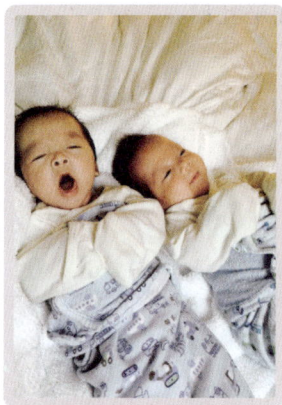

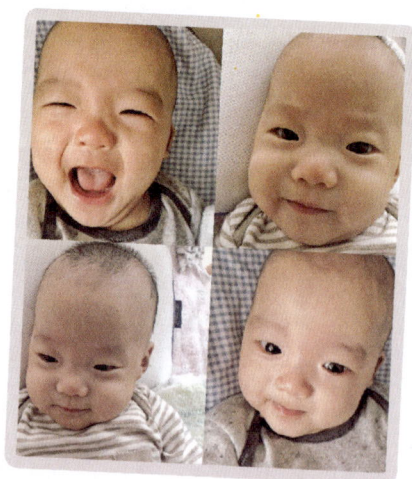

一人吃，三人补！为了喂饱熊猫双宝，我胖一点也没关系啊！

奶量根本不够，尤其我同时有两只熊猫嗷嗷待哺，需求量比别人多出一倍，瘦不下来啦！因此生产完三个月，我的体重始终维持在 58 ~ 59 公斤之间，只能借助调整型内衣帮忙了，先把肉拨回原处，脂肪以后再慢慢减……（汗）

先别说减肥了，为了冲奶量，我硬是改变了自己的生活习惯！想想在生孩子之前，我是完全不吃隔夜菜的人，尤其是放冷的汤，我光想到就觉得反胃，连碰都不想去碰……但是当了妈之后不一样了，眼前若是放冷了的汤，就算我一点都不饿，还是会捏着鼻子全部灌下去，都是为了帮孩子们冲出奶量！也要感谢我的好姐妹容嘉请她妈妈炖了好棒的猪脚汤给我补奶，谢谢刘妈妈！此外，泌乳汁、养肝茶、杜仲、何首乌等等，每天轮着喝也就算了，还有永无止尽的补汤在等着我，导致我现在看到补汤就忍不住打哆嗦。

就这样补了两个月，到了后期根本从不觉得肚子饿，连早餐都食不下咽，只喝些汤、吃些青菜，然后每天喝两次黑麦汁来增加泌乳量。

🎧 月子餐其实蛮好吃的，也很营养，但实在是汤汤水水摄取太多，我的胃已到临界点了！

咪咪救星

　　老实说，刚开始我自己根本挤不出奶来，不得诀窍，两颗奶胀得硬邦邦，痛得要命，比生孩子的阵痛还要痛，可怜的是流的眼泪还比奶量多，我甚至还因此发高烧。还好有朋友介绍了一位"通乳师"来帮我"通乳"，才让我摆脱石头奶，渐入佳境。

　　这位通乳师曾经是知名妇产科医院的资深护理师，她对通乳特别有一套，据说是在诊所帮无数产妇通乳而通出学问的。（笑）虽然这位阿姨很爱碎碎念，会一直叮咛产妇，但她真的是我的贵人啊！

　　这位通乳师学的是一种气血理论。她认为产妇要放轻松才会有奶，跟一般医院的护士强迫催乳、半夜要设闹钟定时挤奶、就算痛到流泪也要硬挤出来的传统观念是不太一样的。她认为产妇要绝对放轻松，在睡眠充足的情况下，乳汁才会分泌旺盛。因为奶是不会一下子就忽然没了，或是被挤光的，所以只要妈妈有时间时，或是临时想到就挤出来，不用刻意定时"出货"（真的挤出来），半夜如果很胀、很痛，就只要"点货"（乳头挤一两滴出来）释放压力即可，尽快爬回床上去睡觉，这样就完全不需要牺牲睡眠，乳房也不会胀痛，完全是咪咪救星来着！

　　通乳师一开始过来帮我时，看着我的咪咪发表宣言，说我看起来是有乳汁的，潜力无可限量！虽然她对我的信心算是帮我打了一剂强心针，但我看着那些以"滴"计量、少得可怜的黄色初乳，心里只想着："这么点量怎么够我两个孩子吃？"但通乳师说这时期的初乳是最最珍贵的，就算只有不到一支针管的量，都要留下来！

刚开始挤时实在太痛，我自己挤不下手，所以都是黑人学着帮我挤的。从一开始的 1cc、3 cc、5 cc 到 10 cc，每天进步一点点。在黑人的帮忙跟通乳师的细心指导下，发炎、发烧的情况都解除了，奶量也渐渐出来了，现在每次差不多都可以挤到 200 cc 以上。虽然母乳颜色已经从最开始两周的珍贵黄色初乳变成像牛奶一样的白色，但黑人已经挤出心得了，非常有成就感！

🌀 爸爸多得意！多亏爸爸的手劲，让奶量渐入佳境，越来越丰富！

🎧 看着奶量越来越多，心中不禁想大喊"胜利"！哈哈，不过因为有两个宝宝，所以我的奶量可以说是永远都不够啊！

妈妈的职业伤害

挤奶的副作用之一是让我好不容易告别了"网球肘"后，又得了"扳机指"！跟网球肘不一样的是，扳机指算是一种专属于妈妈的"职业伤害"，因为很多妈妈都有这个问题，至少我身边喂母奶的姐妹们也都有这个病症。

它的症状是手指的关节像是得了类风湿性关节炎一样的卡住，我的情况则是严重到早上起床时手指完全没办法抓握，有时痛到连棉被都抬不起来。但因为得哺乳，所以又不能不强迫自己用手指去挤奶，就算使用挤乳器，还是得用手指去清理一下乳房。也就是说，只要持续喂母奶的那一天，扳机指就会如影随形地跟着我……

范范贴心话 TELL YOU

扳机指大小事

扳机指与妈妈手、网球肘类似，都是肌腱炎，只是发生的部位不一样。

患有扳机指的手指常会有卡在关节处、无法自行伸直的情况，当用手去扳动的时候，它会像扣扳机一样突然弹起。妈妈们由于固定挤奶姿势，造成手指僵硬，便很容易形成暂时性扳机指，挤完奶记得让手部放松、热敷按摩。

感谢"奶妈"赞助

　　在一开始奶量无法喂饱兄弟俩的时期，我得到很多妈妈们的热心帮助，这时候也深深体悟到友谊的重要！我第一个要感谢的就是孩子们的"奶妈"——奶茶刘若英。她晚我两周生产，但很巧的我们都在中山医院生产，而又在同一个时间搬去同一家月子中心，所以我们常常串门子。她知道我奶量不够，总会把多的母奶送给我，所以我老是开玩笑说她应该要从"奶茶"晋升为"奶妈"，孩子们长大后也应该要叫她奶妈才是，哈哈！谢谢奶茶妈妈！

　　有时候，贵人也来自你所意想不到的地方！有位我在坐月子中心里头认识的妈妈，跟我素昧平生，但她在离开月子中心的时候留了三瓶350cc的母奶给我，说是知道我的奶量不够两个孩子喝，特意将母奶分享给我，真的让我受宠若惊，非常非常感动！谢谢那位善良慷慨的妈妈。

　　有了这些奶妈的加持，加上开始使用我的好帮手——挤乳器，所以哺乳过程越来越顺利。只是中间有一段"痛彻心扉"的小插曲：亲喂的时候，小朋友一度把我的乳头咬伤，尤其是弟弟的吸力超强，有时候他一边吸，我一边哇哇大叫。那种痛就像是"犁田"后的擦伤，痛起来会让人想直接去撞墙，但又不能放着不喂奶，所以最后常常会看到一个疯婆子妈妈咬着毛巾狰狞地喂奶……

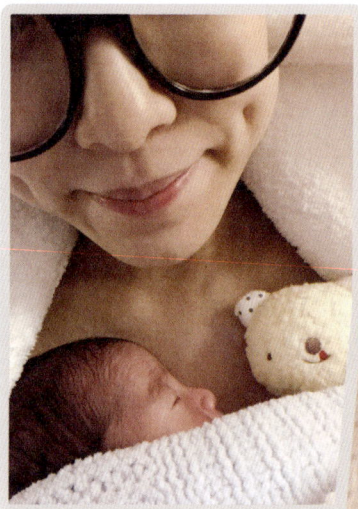

🎧 与熊猫的幸福接触，是我最疗愈的时光！也只有在他们还不会爬、不会
跑的时候能享受这珍贵的时光了吧……

在初期亲喂的时候，常常是一个已经吵着要喝奶了，另一个却还没什么动静；好不容易处理完这一个，下一个却已经哭到不行了……根本不可能要求他们两兄弟"同步"，所以常常手忙脚乱、精疲力尽。

但后来奶量增多、甚至可以多挤一些存放时，情况就好很多，虽然还是会有人先吵着肚子饿（通常是飞飞，饿超快，一饿就大抓狂），但已经可以同时喂奶。慢慢地，两个人的哺乳时间也调整到比较一致。而哥哥在三个月大的时候，一次就可以吃到 150cc，弟弟则是 120cc，所以哥哥的尺寸相较于弟弟会明显的比较大，整个人又长又厚，连爸爸都说他是"超级婴儿"。

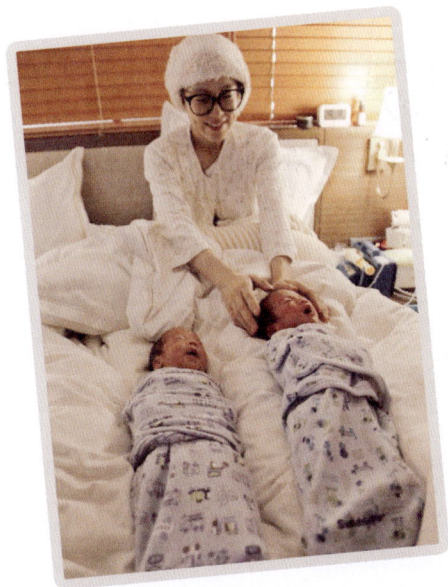

🎧 喂完母乳，两只总会又沉沉睡去，这种被需要的感觉，正是妈妈存在的目的呀！

🎧 两只熊猫遗传到爸爸妈妈的长人身材，也越来越长啰！

🎧 飞飞饿得快，一饿就抓狂！

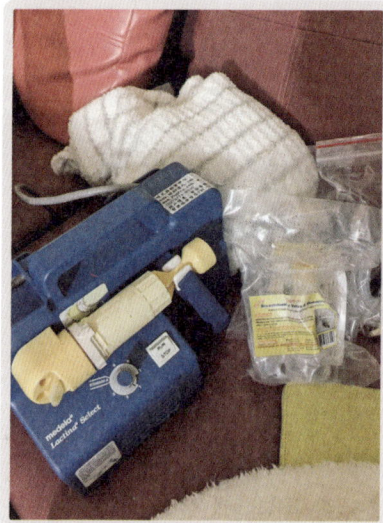

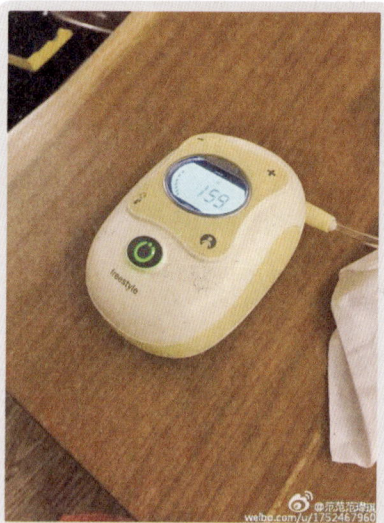

🎧 一开始在医院时租了一台医疗级的美乐吸奶器，吸力很强，能调整强弱，是妈妈们心目中的追奶圣品，但是价格不便宜，用租的最划算！

🎧 后来回到家之后我就用这台美乐的freestyle吸奶器，轻便好携带，充一次电可以用两到三天，而且吸力也够强，是我的挤奶好帮手。

状况外的月子期

虽然我是在国外长大的，但在"坐月子"这一块却偏向传统，抱着"宁可信其有"的心态。在生完孩子的这一个月内，我完全没有洗澡、洗头，身体的部分就用擦澡的方式，至于长发则用毛巾包住，完全忍住没有洗！刚开始的时候是有点不舒服，但后面竟然也就习惯了，比较担心的是身边的人受不了，哈哈！

刚生完孩子的前几天还在排恶露，所以中山医院有给一种昵称为"小可爱"的容器，每天就用小可爱装温水冲下体，再轻轻拍干后用湿毛巾擦身体即可。至于剖腹的伤口，因为上面有贴硅胶人工皮隔离细菌，预防感染，所以没有洗澡也没关系。

讲到坐月子就不能不讲到梁静茹了。关于月子的一些规矩与禁忌，静茹可能是我所看过最严格遵守的人了！在刚生完孩子的期间，静茹跟她妈妈有来看我，当时我为了找个东西就随便往地上坐，结果静茹跟伯母同时大叫："不能坐地上！会有地气！"嘱咐我这个不行、那个不行的，真的非常讲究！要在这里特别大声地感谢梁妈妈！梁妈妈，我爱你！

静茹的月子是梁妈妈帮她做的，她连擦澡都用煮过的姜水、米酒水，光是这一点就让人非常佩服。毕竟我们一天要挤好多次的奶，挤奶时手部当然要保持干净，如果每次都要用煮开的姜水或米酒水来洗手，那实在是要有过人的耐性跟决心吧！对我来说简直是天方夜谭的事，静茹都乖乖地照做，实在让我打从心底佩服！

要说坐月子期间还有谁在状况外的，那应该就是黑人吧！在到坐月子中心之前，黑人对于产妇的禁忌不是很了解，他完全不知道产妇"不能吹到风"，加上他超怕热又很爱吹风、吹冷气，所以好几次他一下班来到我这里，就迫不及待开窗说："好热喔——"，有几次还正好遇上寒流，一瞬间房间就灌满了冷风，然后就会被我大骂："你知道女人在坐月子完全不能吹风吗？"他只好一副无辜的样子默默关上窗户。

不过我也不是真的那么乖地完全遵守规矩。生产完与宝宝分隔两地时，除了挤奶之外就是躺床休息，只好暂时把坐月子时不能过度用眼的禁忌摆在一旁，时常利用挤奶时间看韩剧或美剧打发时间，顺便分散疼痛的感觉。加上当时正值冬天，偶尔还是会有寒流，我却每天都要走去国泰医院看孩子们，所以就算从头到脚包得再紧，走在外头还是不免会吹到风，也算是一种破功吧？

🎧 虽然总是对黑人好气又好笑，但看到初为人父的他这开心的模样，总是也很难真的生气，他就是我们家的大婴儿吧！

双胞胎果然如是

　　近年台湾很流行宝宝游泳课，说是对新生儿的好处多多，所以我们就带着大小熊猫去参加。结果弟弟可能因为肚子饿或什么原因，一下水就大哭，可以看得出来他有多厌恶游泳这件事；而调皮的哥哥却很高兴地踢水，像只鱼一样的优游自在。两个人的个性差异真是一目了然。

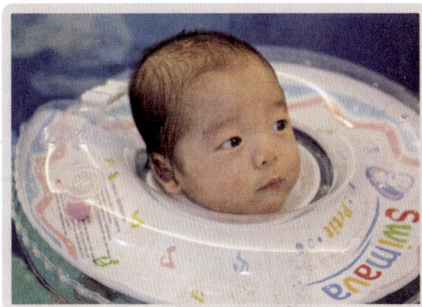

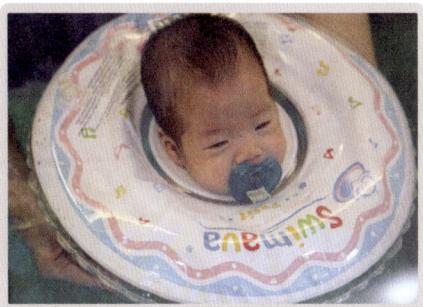

🎧 在月子中心两个月共游了两次泳。第二次弟弟就上手了，很享受，反倒是哥哥因为饿着肚子游，一直发脾气，哈哈！

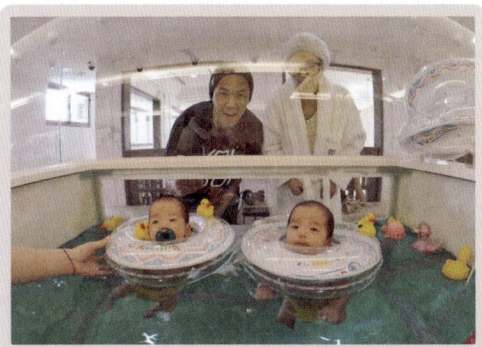

🎧 小婴儿的小泳裤很可爱呀！

　　不过毕竟是双胞胎，以前常听说双胞胎可能会有心电感应什么的，在我的观察之下，好像真的有那么一回事！像三个月左右的时候，他们还不太会对看，两个人就算面对面都还是视而不见。但如果哥哥在某处哭泣，弟弟在距离之外也会跟着抽咽，实在是很神奇！

🎧 两兄弟有时候神韵表情还真是如出一辙呢！

　　每每遇到飞翔宝贝大哭时，我总是逼着自己再忍一下、再撑一下，但很快地我就发现我根本舍不得！也没办法照百岁医师的建议把孩子放着大哭而假装没听到，毕竟他们的哭声是撕心裂肺那种类型，我不可能放着十分钟而无动于衷，根本是超过三分钟就受不了了！而且听到婴儿哭声，不管是不是自己的孩子，胸部的乳汁就自然分泌出来，会想要立刻冲过去喂他们、"解救"他们。所以虽然百岁医师教的是一套很棒的理论，对于训练孩子非常有效率，并且让孩子以后生活习惯好，比较好教，但对我来说就是不忍心嘛！

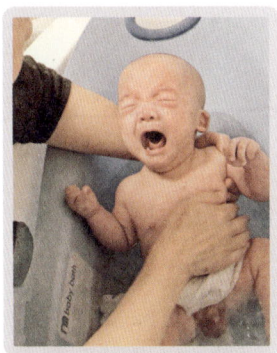

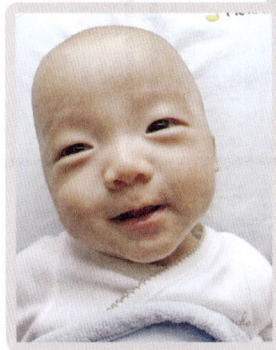

🎧 飞飞古灵精怪，奶奶总说飞飞是"又哭又笑，小狗撒尿"！好像找不到翔翔大哭的照片耶！

FanFan × H.H 先生

随时被唤醒的母性！

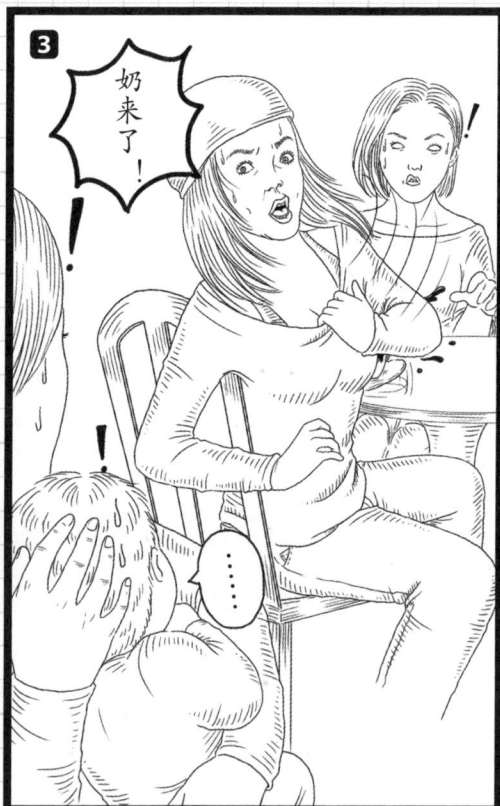

客家小光头

　　生了孩子之后，奶奶第一次来到坐月子中心看我们时，老人家的客家魂又上身了，一直对我们放狠话，说孩子们的头发、眉毛、睫毛都要剃，之后才会长得好，长大以后才会好带等等吓唬新手父母的话。我当时可是有帮孩子求情"可不可以不要"？但在黑奶奶的坚持下，也为了不让老人家担心挂念，我们选择剃了头发，但眉毛、睫毛就省略不剃。毕竟孩子还那么小，眼睛部位还是别用到比较好。我心里默默想："没关系，如果以后孩子真的不好带，我也就认了吧！"

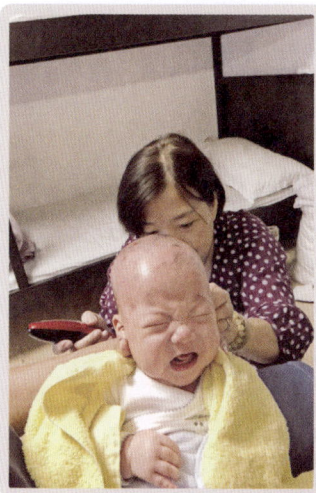

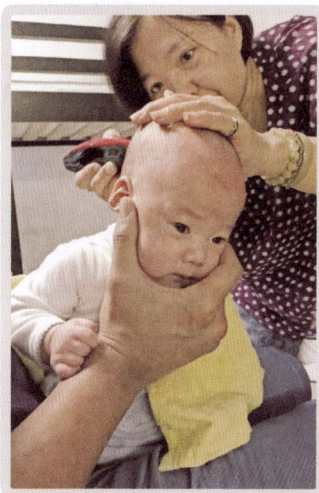

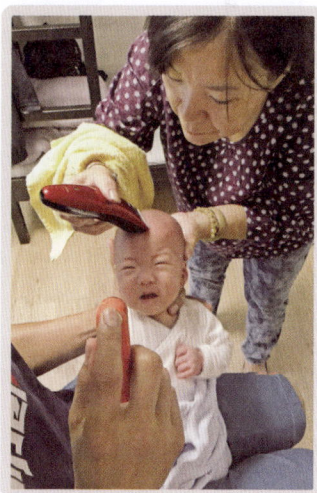

由专门帮宝宝剃头发的理发师操刀，把他们的胎毛与坏习气都剃掉吧！

看着他们现在头发滑溜溜、全身白白净净的样子，很难想象刚生出来的大小熊猫是又瘦又干又黑又皱，本来肤色就深了，加上浑身那层毛简直是名副其实的"黑人"。当时大家都开玩笑地说："哇！果然是黑人的小孩没错！"更奇特的是身上、背上、脸上全都是毛，尤其是脸上，不夸张，铺满的细毛就像是孙悟空一样的浓密！每次帮兄弟俩洗完澡的时候，浴缸上都会浮了一层毛！我当时还开玩笑地说："原来妈妈掉的头发都长到宝宝身上去了！"

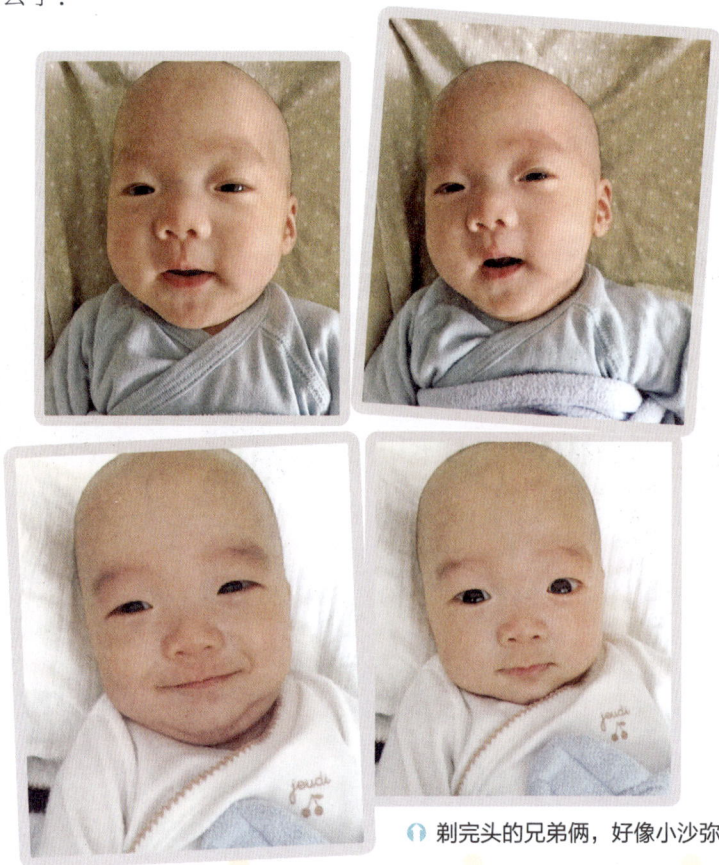

🎧 剃完头的兄弟俩，好像小沙弥呀！

现在这层胎毛已经脱得差不多了，两个人变得又胖又白净，简直不敢想象几个月之前是那个又黑、又瘦、又干的样子。以后他们俩看到照片，应该会觉得判若两人吧！

大胸部哪里好？

怀孕生子直到目前为止，我最无法适应的副作用就是——大胸部！本来我的胸部就有 B 罩杯（日本内衣可穿到 C 喔！）也不算太小，以前甚至会有点羡慕别人的丰满胸型，但现在看到自己的胸部因为哺乳而变大，竟是觉得很恐怖！

以前我的胸部可以说是没有什么"存在感"，不管是运动还是生活上，都非常的灵巧、轻盈。但现在变成 34D，有时候甚至可以涨到 E Cup，而且一对乳房变得又垂又重，有时候还会因为溢乳而湿湿的；不只运动时很不方便，洗澡时竟然还要"翻起来洗"！真的是完全击破我想象中的美好泡泡了！

产后才深切感受到大胸部带来的不方便，但又被警告说现在的丰满胸部其实是"假象"！许多过来人都再三叮咛我不要吃到"退奶"的食物，不然以前的胸部只是"偏小"，退奶之后却会变得"又扁又小"！前辈们的威吓说得振振有词，我不敢不听，但不能打退乳针就算了，最难避免的是吃到具有退奶效果的食物！毕竟以前没孩子时，根本不会去注意到这些饮食禁忌，没想到这些食物真的是随手可得耶！像之前有朋友带了太阳饼给我吃，我一吃完，当天马上感觉到奶量变少！仔细思考了一下才想起，原来太阳饼里面有麦芽！以前有谁知道麦芽糖会退奶啊？（汗）

在哺乳期间，韭菜、麦芽、麦茶这些东西都不能碰。而且因为产妇无论吃什么东西，都会反映在宝宝的下一餐奶上，所以辣的东西绝对不能碰，喝酒也是不可能的事。简单来说，哺乳期间的饮食禁忌比怀孕期间还要严格，这也是我当初意想不到的事！

范范贴心话 TELL YOU

退奶食物大小事

在哺乳期间最害怕的就是误食退奶食物，也才发现退奶食物比我想象的还要多呢！其中韭菜、人参、麦芽这三样吃了一定退，哺乳妈妈一定要注意！此外还有比较寒的蔬果，比如各种瓜类、白萝卜、竹笋、芦笋、大白菜、豆芽菜、空心菜、菠菜、花椰菜、龙须菜、洋葱、芹菜、香菜等，水果则包含香蕉、橘子、梨子、柿子、芭乐、葡萄柚、莲雾、凤梨、奇异果、柚子、柳橙等。不过还是会依个人体质而有所不同，哺乳妈妈们可要小心留意喔！

FanFan × H.H 先生

先生，你想太多了……

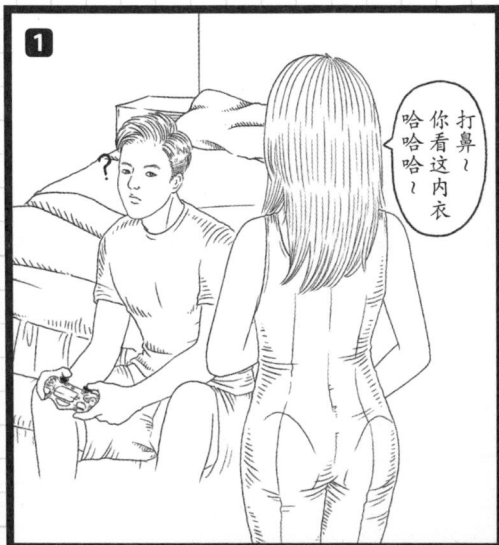

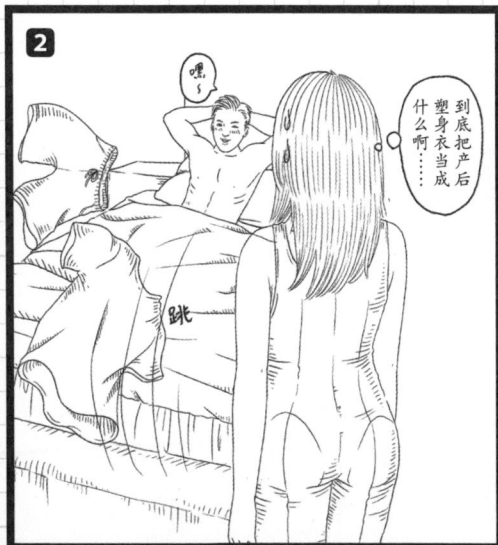

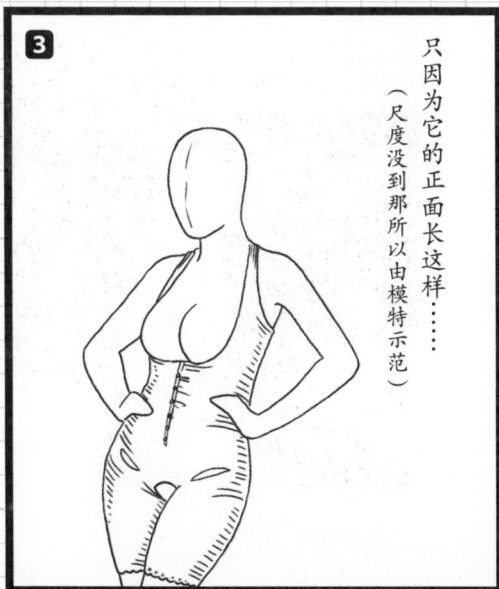

1
哈哈哈～
你看这内衣
打鼻～

2
嘿～
到底把产后
塑身衣当成
什么啊……

3
只因为它的正面长这样……
（尺度没到那所以由模特示范）

🎵 肺活量变大了！

除了胸部产生了惊人的改变，我连肺活量也变大了，这件事绝对可以算是一个意料之外的 bonus 了！

我不是个常唱 KTV 的人，就怀孕之前有跟好友们去过一次，在此之前，我至少有三年没进过 KTV。因为平常就是以唱歌为职业，下了班又要去唱，总觉得怪怪的，没有休息的感觉，更何况又没人付我酬劳，哈哈！不如在平时让嗓子好好休息。所以若不是朋友盛情邀约，我通常会婉拒上 KTV 的聚会。在怀孕六七个月的时候，一个因缘际会下我又去唱了KTV，当时根本不敢大声唱歌，就怕一个用力孩子就这样蹦出来了！但一

🎧 我和歌手妈妈们在 KTV 飙个过瘾，唱了三个小时，哈！

起去的六月辣妈却都没在怕的。还记得她把声音飙得很高，又唱得很大声，真的是个大无畏的妈妈啊！

而在怀孕期间，我为了新专辑录的六首歌里头有几首歌需要补唱，其中有一首歌得飙高音。我实在没有把握，只好跟老板说先跳过，就怕唱一唱，歌没唱完，孩子先生出来了……老板当时还半开玩笑地劝我试试看，他说："这不就像是有三个人的力量在一起唱吗？"但我真的怕一用力就会动了胎气，实在不敢冒这个险。

生完孩子两个月之后，我又被永婕跟静茹找去唱歌，结果发现自己的肺活量变大了！音质也变得更好了！对于歌手的我来说，真的是一大福音，相信大家都可以从我之后的作品听得出我声音的改变！而对于未来管教两个儿子（或是加上爸爸）来说，也可说是一大助益呀！哈哈！

Chapter 6
幸福开始飞翔！

终于回家了！

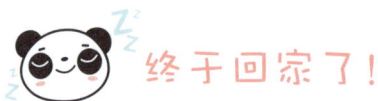

　　在大小熊猫"卸货"后，我们家就进入了"全能住宅改造王"阶段，必须要将环境改造成适合孩子的空间。而为了让所有修缮工事都妥善完工，确认房子没有残留的工程异味，我只好暂住在月子中心，等一切就绪。

　　我没想过原来装修婴儿房是这么繁琐而浩大的工程，而在这过程中，我也才真正意识到要与从前的自己说再见了！拆掉了化妆台、书架、电脑桌、工作室、搬走钢琴，收藏多年的 CD 全部送人……打通两个房间，装上隔音的玻璃墙、无毒无甲醛的木质地板、防撞泡棉、安全气窗、儿童马桶、洗手台高度调整……所有的材质都是经过安全检验的无毒建材，一切的设计都是以大小熊猫为最优先考量，只希望给俩兄弟在五岁以前能有安全宽敞的空间，无拘无束，开心长大。

🎧 装修前的打包工作更是繁琐累人，旧的还没清光，宝宝的用品却已经来了！其中也包括好朋友们送的新生儿贺礼，实在太多太多礼物了！谢谢大家！

再见了我的化妆台、我的书房、我的钢琴与 CD，从今以后，我在家的身份是妈妈了。

等宝宝再大一点，就可以放一张矮床在
这边让他们自由翻滚不怕撞啦！

超级可爱实用、伸缩自如的婴儿床。

一整面的展示书
柜及储物柜，想
到以后可以跟他
们一起阅读就好
令人兴奋！（妈
妈幻想中）

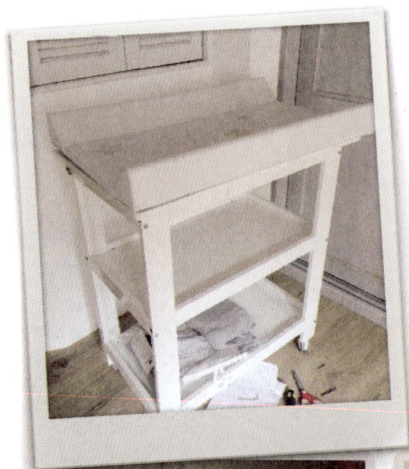

佩岑送的尿布台，高度适中，谢谢美丽妈妈的大礼。

不同的洗手台高度、适合幼儿的浴缸深度，先为未来做好准备。

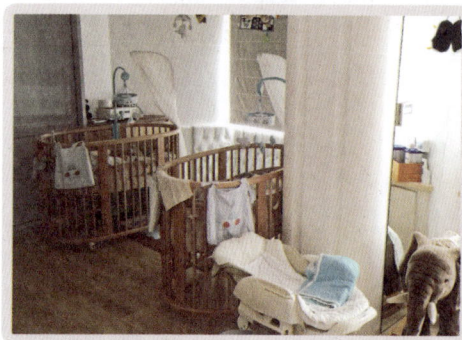

我们为飞飞翔翔布置的成长空间，希望孩子沐浴在阳光与书香的环境之中。

妈妈需要帮手

　　带着大小熊猫回到家之后，我就请了"到家保姆"来家里帮忙，不然我一个新手妈妈带两个男婴，估计不出十日就会崩溃。很幸运的，因为我舅妈是台中保姆协会的前任理事长，所以请到台北协会推荐的一位就读幼保科、具有保姆执照的年轻保姆。她曾在坐月子中心服务过四年，照顾新生儿的经验充足，所以我跟黑人都很放心。再加上她年纪轻，相对来说比较有体力，不然家里两个男婴，若要同时兼顾的话，确实会有点吃力。

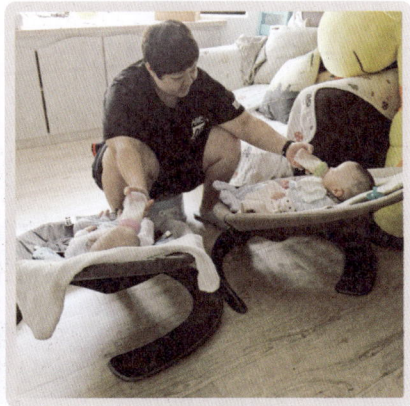

🎧 谢谢专业的小亨堡阿姨当妈妈的小帮手。

　　而范妈妈就住在我们楼下，如果有什么临时状况，范妈妈也可以随时前来支援。所以我在回到家之后，反而多了很多自己的时间可以安排，在照顾孩子之余，还可以把家里整理干净，洗洗他们换下的衣物奶瓶，写写歌，看看书。

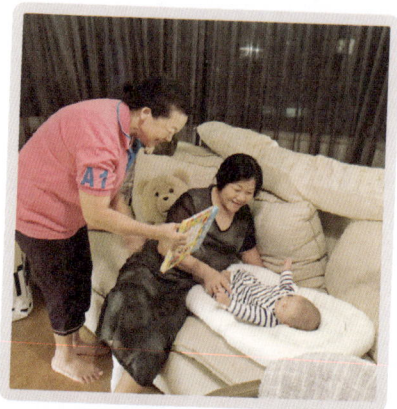

范爸爸、范妈妈、黑妈时常来家里含饴弄孙，也是我的小帮手喔！哈！

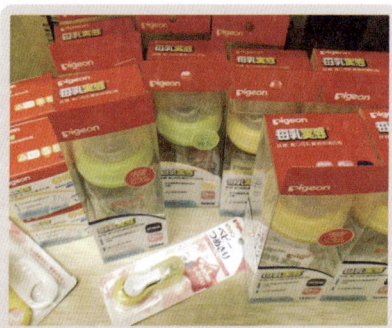

宝宝们每天换洗的衣服与替换的奶瓶非常多，尤其婴儿穿的衣服都要先清洗过，熊猫又患有蚕豆症，我洗衣服得洗得更仔细。

请到家保姆还有个最大的好处，就是我半夜不太需要起床喂奶，只要在晚上 12 点以前先把奶挤出来，若半夜孩子哭了，保姆会帮我照顾他们，不够喝的话再搭配一些配方奶；我则是早上 7 点才需要起床再挤母奶。光是晚上不用爬起来挤奶这件事，对于我的体力恢复真的有非常大的帮助，所以我真的很庆幸家里有位专业又利落的保姆！

喂养你们是我的骄傲

回到家之后，我开始为了回到工作岗位做准备，恢复运动习惯，但运动流汗也会影响到母奶量，所以一开始时只能做些伸展运动，也不能推拿或按摩。而现在孩子的食量慢慢增加，我的奶量渐渐地也无法满足他们，加上 6 个月之后的母乳营养价值减少，所以我喂了半年母乳，而且尽量早晚喂，其他时间就挤出来再搭配配方奶给他们食用。

"有母乳可以亲喂"这件事，我特别感谢上天。在产前我也不免庸人自扰地担忧孩子又吸又咬的，乳头会变得很丑。但当了妈妈以后，在冲奶量的时候，其实根本想不到这么多，只希望有奶能喂孩子就万幸了！像我现在看着自己走样的乳头，都会自我安慰地说："我的胸部不是属于我的，是宝宝的！"

乳头变得不一样也就算了，之前亲喂时曾被咬破，既痛又丑，到现在上面还有结痂。但唯一能挽救乳头的方法又是亲喂，如果不亲喂，乳腺、乳头会堵塞得更严重。所以我当时只好咬着毛巾忍着痛喂奶，每天都痛到

好想死！那就像是擦伤加上烫伤，奇痛无比！（哭）

　　还记得那时候我的脾气真是坏到一个临界点，把气都出在无辜的黑人身上，老是怨他"为什么你都不需要承受这些事"？而黑人则是每天都战战兢兢地不敢惹我。Sorry，爸爸！谢谢你的忍耐！

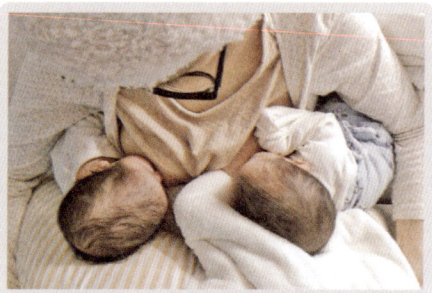

🎧 这些照片是我最骄傲的画面，练了很久的"同步亲喂"，其实要达成这个境界是很困难的。瞧瞧这两个认真喝奶的小脑袋，就算乳头再痛我也没有第二句话！以后儿子让我生气时，我一定要拿这些照片给他们看，要他们好好爱妈妈！

FanFan × H.H 先生

爸爸的存在感

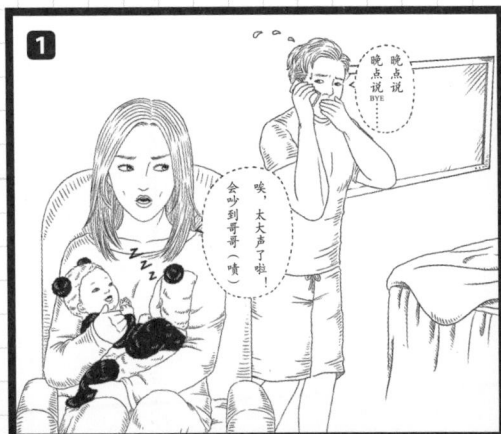

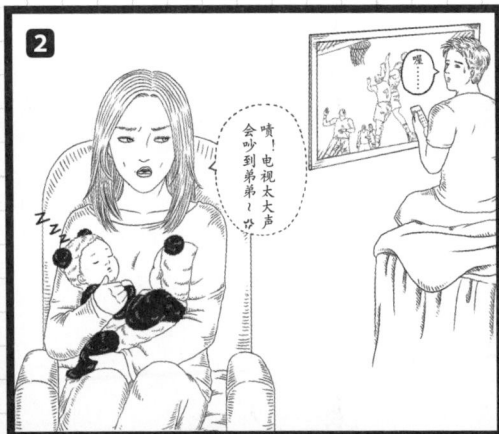

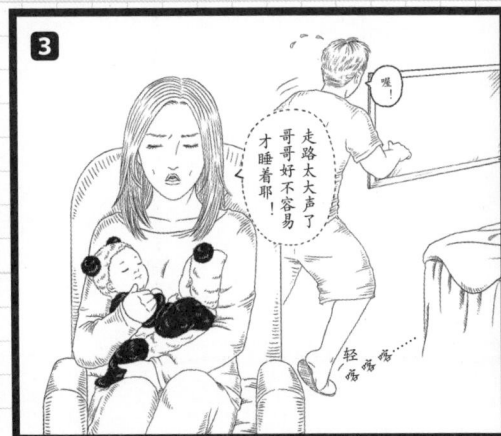

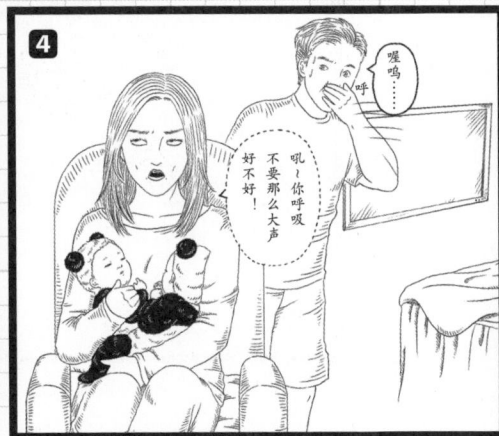

就这样，黑人在家的存在感

越来越渺小……

（加上黑看起来更小……）

哥哥讨债，弟弟报恩

　　两个孩子渐渐大了，体重也急速增加中。在熬过那些早产儿阶段的辛苦历程之后，才短短 3 个月，两个人看起来已经截然不同，个性的差异也明显地显现出来。哥哥每天就是爱哭，弟弟却很冷静。我总说"哥哥是来讨债的，弟弟是来报恩的"。哥哥感觉个性比较古灵精怪，才 3 个月大就已经会对着人笑，看到人会讨抱，没事竟然还会假哭来引起注意；弟弟则是一直维持"淡定"路线，饿了跟尿布湿了才会哭，其他时间都很安静，不吵闹。

飞飞是抓狂哥，翔翔是淡定弟。网友常常为飞翔搭配有趣的对话，每次都让我笑开怀呀！

　　不管是来讨债的还是报恩的，都是我的宝贝。网友常常在网络上说我与黑人偏心，只抱哥哥或只抱弟弟，真是让我们哭笑不得呀！因为"手心手背都是肉"呀！妈妈我要是有神力，也想随时把两个抱在身上呀！

🎧 两个孩子都是我身上掉下的肉，多想每时每刻都给他们满满的爱啊！

　　尤其只要放上跟孩子相关的照片，总会有许多正反不同的意见涌入，有时候真的让我们很吃惊。有人说不要给孩子拍照，免得小孩吓到；有人说还没满周岁不要给孩子穿鞋。然后光是孩子们要不要戴手套，也有许许多多的建议：有人说包起来会限制孩子的发展、影响触觉，另一派说不包起来，孩子会抓伤自己。还有什么床不能睡，什么床睡不久；小孩不能趴睡，不能仰睡，哪种枕头不要睡等等，搞到后来，孩子们到底要不要睡？（大哭）

　　身为新手爸妈的我们已经常常手忙脚乱，所以一方面很感谢网友们对我们一家四口的热心，常常为我们提供过来人的经验，但有时候也会对于完全分歧的意见感到无所适从啊……

🎧 这是 Ella 送给孩子的礼物，以叶子为名的 Leaf 摇床。它有一种独特的设计，可以在不用电的情况下，自然地摇摆两分钟左右。而且造型特别，孩子们就像躺在一片叶子上一样，底下的支撑点不大，但非常稳固，摇摆的幅度很轻微，对孩子脑部不会造成任何伤害。之前贴上网时也曾被网友评议过它的安全性，我们知道大家是出于关心，但这么棒的礼物不该是被正面看待吗？只要慢慢摇其实非常安全的喔！谢谢 Ella！

谢谢你们爱我

　　自从我宣布怀孕以来，一路上获得了许多朋友的帮助与关心。我是出了名的少根筋，因此大家都会特别照顾我、提醒我、保护我。我总是笑着说："母以子贵就是这样呀！我还一次两个呢！"有人说在娱乐圈很难交到真心的朋友，但我与黑人却交到许多待我们如自家人的好姐妹、好兄弟，想想，真的觉得自己很幸运耶！感谢天父给了我们这一切，让我们获得这么多的爱，也从中学会珍惜爱，贯彻爱，分享爱。谢谢你们爱我！

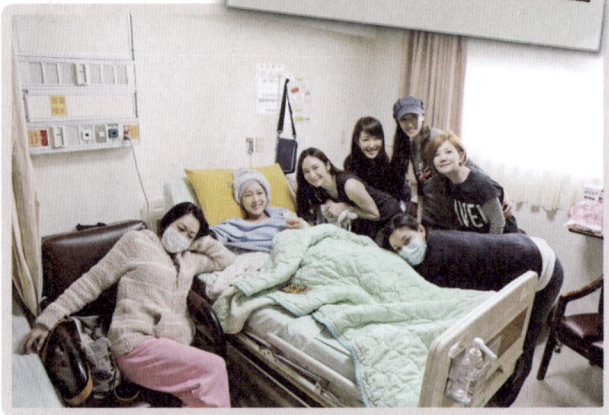

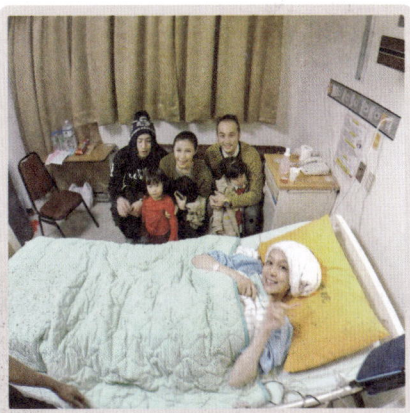

谁说演艺圈没有真友情?
My dear friends, thank you for your friendship!

为母则强！

在经历过怀孕、生产之后，亲身体会了很多孕妇生理上的病痛跟不便，也深刻感受到为人父母的坚强！以前不敢、不肯的事情，现在通通都可以！举一个生活上的小事为例，以前看到蟑螂时我一定是尖叫崩溃，而且马上会原地跳起踢踏舞，即便是被黑人吓过不知道几千次，我都还是无法克服对这生物的恐惧。但熊猫出生后，我远远地就可以察觉到蟑螂出没，甚至可以徒手驱赶它们。这真是我从来没想过的事情！

为了孩子把屎把尿、熬夜挤奶都甘之如饴，哄睡哄到自己快睡着、喂奶喂到痛到爆都没关系，只要宝宝平安长大、健康快乐就好了！这些生活上的变化让我重新省思母亲这个角色。我爱我的新身份，也让我更感谢范妈妈，原来她是经历了这些来拉拔我跟弟弟长大，真的很了不起！

FanFan × H.H 先生

产前产后大不同

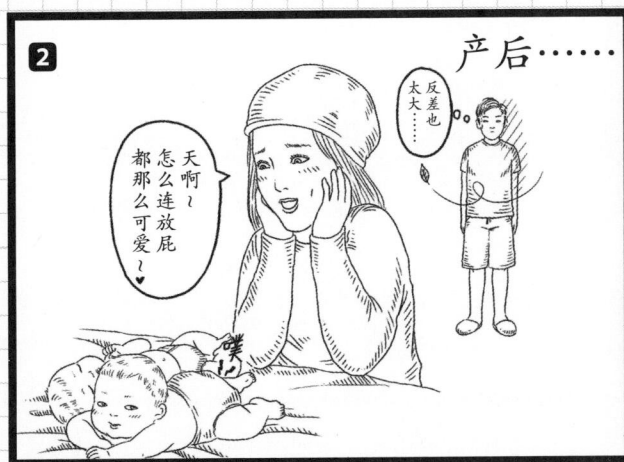

🎧 从歌手范范成为人妻范范，现在还加上人母范范，我爱我的新身份！

　　提到范妈妈，就不能不说起我跟弟弟小时候的"丰功伟业"！我们是在美国俄亥俄州出生的。我出生时的体重足足有 4800 克，就算在现代的眼光来看，都绝对是个巨婴。但更恐怖的是隔年出生的弟弟，他出生的体重竟然高达 5900 克！根据爸妈的说法，他出生时真的就是名副其实的米其林宝宝，手臂上的肉都胖到有皱褶，得要扳开来才能洗得干净！

　　我出生时因为破了那家医院的生产纪录，所以当年医院还有颁奖状给妈妈，没想到隔年弟弟又破纪录！三十几年前的超音波还不是很普及，所以听说医生一直怀疑妈妈怀的是双胞胎，不然怎么会这么大？

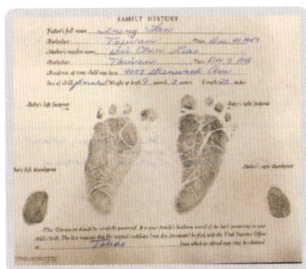

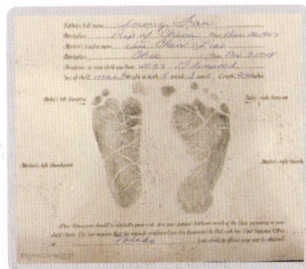

🎧 我与弟弟的"巨婴出生证明"，哈哈！

而最神奇的是，现代的医院妇产科，只要超过 4000 克就必须剖腹。而在将近 40 年前，医药不甚发达的年代，范妈妈竟然两胎都是自然产的！根据爸爸的说法，当年还因此而登上地方报纸呢！

我时常问妈妈："你是怎么生的？痛很久吧？你怎么办到的？"我真的无法想象当时妈妈是怎么把我们给生出来的，伤口都不知道裂到哪去了吧！只能说，"为母则强"这句话用在范妈妈身上，绝对是再恰当不过了！

🎧 出月子中心后，我妈一抱到熊猫就坐了一下午。我问她："妈，你不会想尿尿吗？"她说："不会啦，我膀胱很有力！"看来真的是为母则强耶！

🔵 谢谢范妈妈一辈子的辛劳，现在是奶奶，也是外婆啦！

幸福开始飞翔！

　　从求子到得子，从怀孕到生产，不过是短短 8 个月，但每一个瞬间、每一个感动都像是恒星一样，始终在我心里一闪一闪的。我会永远记得验孕棒浮出第二条线的瞬间、在手机屏幕上与我泪眼相对的黑人笑脸、在刘志鸿诊所看到的两个小亮点、胎心音机器传来的"咻——咻——"心跳声，那是飞飞翔翔生命的开始，也是我与黑人人生的新起点。

　　想着孕期中的点点滴滴，酸甜苦辣，我很庆幸都有黑人在旁陪伴我。有时候我神经兮兮，有时候我难过低潮，有时候我情绪激动，他都能包容我、开导我、理解我。虽然他不能代替我痛，但至少我知道可以捏他的手，我需要他的时候，他都在。

　　扎针、节食、生产、挤奶的辛苦与疼痛，都不是一字一句可以清楚说明的。世界上为了怀孕所苦的人那么多，原来母亲就是这样一个"异人"的存在，用超强的耐痛力、忍耐力与意志力，换得孩子的一抹笑容。世界上还有什么比这更不划算的交换吗？血浓于水不过是血缘关系，但更重要的是我们共同拥有这份情感与温度。

　　感谢天父，如我们的愿，给了我这么意义非凡的奇异恩典，让我不仅能成为一个母亲，更能体会母亲的柔和、宽容、体贴与坚强。我忍不住开始想象我会成为怎样的母亲？是成天念东念西的碎念老妈，还是傻里傻气的少根筋老妈？飞飞、翔翔，等你们长大后，由你们告诉妈妈吧！

看着飞飞翔翔从刚开始的小老头模样，渐渐变得红润娇嫩，现在更是白嫩肥美，这样的感动与成就感又该如何化为文字呢？我觉得自己很幸福，很幸运，很满足！我会带着天父的爱，继续狠狠爱下去的！

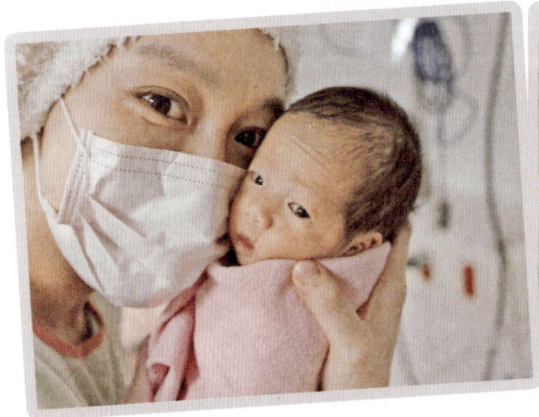

🎧 与飞飞翔翔的第一次接触、第一次眼神交流，是我一生中绝对不会忘记的感动。从今以后，我是妈妈了！这两个小生命要仰赖我的照顾才能茁壮成长，虽然责任重大，但我会竭尽一切，好好守护这个家。

To be continued

亲爱的飞飞、翔翔:

  你们的称呼不只是宝宝了。谢谢你们来到爸爸妈妈身边,当我们的儿子,你们是天父给爸爸妈妈最大的礼物了!爸爸妈妈等了那么久,才终于盼到你们,这份巨大的感动与喜悦,你们能想象吗?

  从你们出生的那一刻起,妈妈告诉自己:无论发生任何事,都要勇敢地保护你们,也要努力给你们最幸福的成长环境,永远给你们支持与关爱,永远给你们力量与勇气!

  你们是幸运的,在爸爸妈妈准备好的时候来到;你们是幸运的,有另一个手足相依相偎;你们是幸运的,在这么多的叔叔阿姨的关心下成长。希望你们保持感恩的心、谦虚的心,爸爸妈妈不求你们成为多么聪明、反应快、成绩优秀的孩子,只希望你们能健康平安长大,成为热心助人、善解人意、愿意分享的人,延续天父爸爸的美意,也让 Love Life 的精神永远地延续下去!

版权登记号：01-2015-4693

图书在版编目（ＣＩＰ）数据

熊猫来了！：比黑白配更重要的决定，范范与飞哥
翔弟的幸福日记 / 范玮琪著． -- 北京 ：现代出版社，
2015.8
ISBN 978-7-5143-3950-5

Ⅰ．①熊… Ⅱ．①范… Ⅲ．①随笔－作品集－美国－
现代 Ⅳ．① I712.65

中国版本图书馆 CIP 数据核字（2015）第 178596 号

作　　者　　范玮琪　著
内文插图　　H.H 先生
责任编辑　　毕椿岚
出版发行　　现代出版社
地　　址　　北京市安定门外安华里 504 号
邮政编码　　100011
电　　话　　010-64267325　010-64245264（兼传真）
网　　址　　www.1980xd.com
电子信箱　　xiandai@vip.sina.com
印　　刷　　北京瑞禾彩色印刷有限公司
开　　本　　710×960　1 / 16
印　　张　　12
版　　次　　2015 年 8 月第 1 版　2015 年 8 月第 1 次印刷
书　　号　　ISBN 978-7-5143-3950-5
定　　价　　48.00 元

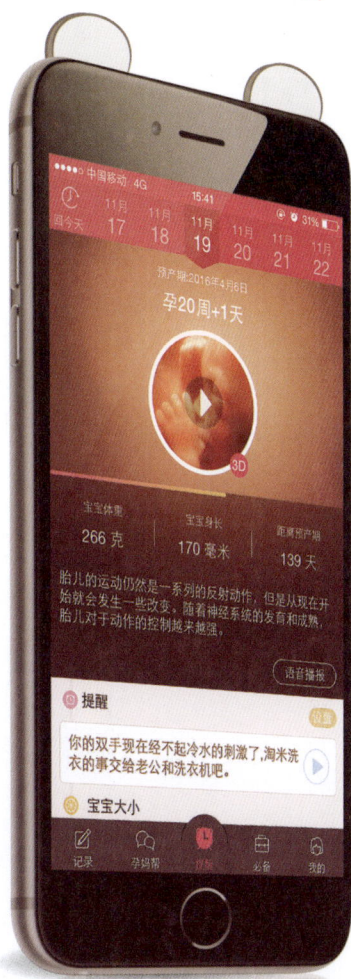

熊猫来了
比黑白配更重要的决定
范范与飞哥翔弟的幸福日记

飞翔宝贝
萌语大猜想

谢谢你们的爱